アマリアの別荘

Villa Amalia

パスカル・キニャール

Pascal Quignard

高橋啓 訳

青土社

アマリアの別荘＊目次

アマリアの別荘

マルティーヌへ

第一部

第一章

「泣きたかったわ。私は彼のあとをつけていた。死にたいくらい惨めだった。一時間以上、セーヌ川沿いに車を走らせていたら急にあたりが暗くなった。ショワジー＝ル＝ロワに着くと、トマは急に暗がりに入り、右折して細い通りに入っていった。まもなく、枝を広げた月桂樹の下に駐車し、ヘッドライトを消した。私はあわてて、ひどくぎこちなく、少し先の並木道に車を寄せた。そこから歩いて戻った。ごくふつうに歩いているように、けっして走ってはいないように見せかけながら。彼は門扉を押し開けた。私は近づいていった。急いでゆっくりと近づいていった。どう説明すればいいのかしら」

彼女は近づいていった。

その額を錆びた鉄格子に押しつけた。闇にそびえる月桂樹の枝葉の向こうは見えづらかった。

そのときトマの姿が目に入った。自宅の玄関前に出てきた若い女が、明かりの下で彼の手を取ったところだった。

トマはコートを脱ごうとしていた。若い女は爪先立った。彼女は唇をトマの唇へと寄せた。

しかし、月桂樹の下のほうの枝に生えている葉がアンの視界を邪魔していた。できればその女の顔をはっきりと確認したかった。二人は玄関先から家の中に入ろうとしていた。女の顔が隠れそうになった。とっさに彼女は背伸びした。

「ずいぶん熱心にその家を見ていますね」

心臓が割れそうになった。彼女は万引きしているところを見咎められた子供のようだった。

「ええ、そのとおり」と彼女は答えた。

そして振り返った。

目の前の暗い通りの歩道に、地味な色のスーツに、髪を短く刈り上げた、香水を漂わせた男がいた。ただ微笑んでいるだけだった。

彼女はその男に言った。

「おそらくあなたは自分の目の前に空き巣狙いの準備をしている女がいると思っているのでしょうね」

男は彼女のレインコートの袖をつかんだ。

「僕に見覚えはないかい?」

彼女は男の質問に狼狽した。身振りで否定した。正直なところ、相手が誰であれ、内容がどうであれ、こんなところで会話を始めるつもりはさらさらなかった。男がなお指先につかんだままでいる袖を、彼女はすばやく引き戻した。

「僕のほうは君を知っているよ」

夜は更けていった。彼女は門扉をじっと見つめていた。

「君はアンヌ（Anne）だ。もっと正確に言えば、エリアンヌ（Éliane）と呼ばれることを望まなかった女だ」

するとアン・イダン（Ann Hidden）は男のほうに目を向けた。彼女はうなずいた。茫然として身動きできなかった。不覚にも目に涙がせり上がってきた。

「たしかに」と彼女はつぶやいた。「むかしは……」

「え、なんて言ったの？」

彼女は声を大きくした。

「たしかに、むかしはそういう名前だった」

彼女は男のほうに歩み寄ると、その顔をじろじろ見つめ、どこかで出会った人かどうか思い出そうとした。

「あなたはいったい誰？」

「ジョルジュだよ」

いったい誰がジョルジュなのか、彼女にはわからなかった。

「ジョルジュ・ルール（Roehl）」

この男が誰なのか、彼女にはわからなかった。

夜の闇が徐々に二人の肉体を包んでいった——ますます暗く。

彼は笑みを浮かべて相手を見つめていた。

そしてスーツの内ポケットから紙入れを取り出した。

そして名刺を差し出した。

彼女は細い通りの街灯に近づかなければならなかった。それでやっと名前がすべて読めた。ジョルジュ・ルーランジェ（Roehlinger）。活字はすべて浮き出し文字で印刷されていた。住んでいる所はどこかの岸辺だった。テイイとかいう場所。そこがどこかも彼女は知らなかったし、その岸辺がどの地方にあって、その港がどのあたりにあって、どの海に面しているのかも見当がつかなかった。彼女は不安のようなものを感じはじめていた。

「僕らはクラスがいっしょだったんだよ。低学年のときにね。ブルターニュのことは覚えてないの？　シスターのマルグリートのことは？　僕らは……」

だが彼には、言いかけた言葉を最後まで言う余裕はなかった。彼女は相手の腕に飛びこんでいた。泣き崩れていた。

＊

そこで彼は女を抱きしめたのだった。

女に手を貸して暗がりのなかを歩き、小さな家まで案内した。庭が並木道に面していた。

彼はまた別の門扉を閉めた。また別のドアを開けた。

「そう、私、老けてしまったのよ」とアン・イダンは言った。「悪く思わないでね。あなたのことを思い出すのにひどく時間がかかってしまったわ」

「僕のほうが君よりはるかに変わってしまったということだね」ジョルジュ・ルールはまた彼女をやさしく抱き寄せた。

「そうじゃないの。そういうことが言いたかったんじゃない。ちがう、ちがうわ。あなたはたぶんほんの少ししか変わっていない」

彼は居間に入ると、彼女の近くのフロアスタンドに明かりをつけた。それから彼女を取り巻く小さなランプに次から次へと明かりを灯していった。アンは寝椅子のような形の、きしみ音をたてる籐椅子に腰かけた。

「君が僕を思い出せなかったのも当然だね、君はスパイをしていたのだから」

「ジョルジュ？」

「うん」

「私はスパイなんかしていない。私が生活を共にしていた男の名前はトマ。その人を私はつけていたの。彼が入っていった家の前で、あなたは私を見つけた。別の話をしましょう」

「君がそう望むなら」

「ええ」

ショワジーまでやってきた理由については、それ以上何も言いたくなかった。彼女の顔は閉ざされていた。

「何か飲み物でも？」

「お茶を」

彼はお茶をいれに席を立った。

古い居間は、おびただしい家具とあらゆる年代の置物とたくさんの不気味なものであふれていた。

アン・イダンは窓に歩み寄った。窓にかかっているカーテンは埃っぽい臭いがした。雨が降りはじめていた。街路樹のマロニエの、裸の枝から雨のしずくが滴り落ちていた。

ジョルジュが戻ってきて、低いテーブルの上に盆を置いた。喜びに満ちた顔つきだった。

「君と再会できて、うれしいよ」

「私、パンが食べたい」と彼女は言った。

「どんなふうなパン？」

「ごくふつうのパン。焼いて、バターとジャムを塗ったやつ」

「ちゃんとしたパンはないと思うよ。トースト程度ならできるけど」

「どうせならブルターニュのバターがいいわね」

「それならジャムは？」

「いちごのジャム。それか……細かくつぶしたアプリコットのジャム」

「たぶんママは加塩バターは持ってきてないんじゃないかな」と彼は言った。

彼はぶつぶつ言いながら、部屋を出て行った。

「それに残っていたとしても、もう……」

彼が出て行くと、彼女は両手で顔を覆った。居間の中で心置きなく苦しみはじめた。ライティング・デスクとカーテンに、埃と埃にはさまれた椅子にゆったりと腰かけ、彼がパンを焼いているあいだに。

彼は居間に戻ってくると、熊蔓の香料の入った蠟燭に火をつけた。

「ママの家はあまりいい匂いがしないから」

彼女は異論を唱えなかった。

「ママのことは覚えてるかい？」

「もちろん、あなたのお母さんのことは覚えているわ。良妻賢母の鑑みたいな人だった。料理がものすごく上手な人だった」

「彼女……死んだんだ」

「まぁ！」

彼は動揺していた。泣いてはいなかったが、声が少し上ずっていた。

「僕らはママの家にいるんだよ」

「まぁ！」

「ちょうど十一日前に死んだんだ」

彼女は返事をしなかった。じっと相手を見つめた。

「悪く思わないでほしいんだ。僕はまだ完全に平常心になっていない」なおも彼は言った。

「ええ」と彼女はつぶやいた。

「クリスマス・イヴの日だった……」

声が震えはじめたので、彼は口をつぐんだ。

彼女は何も言わなかった。

やがて彼は、後始末をするために数日前からここに住んでいると説明した。母親が再婚したのちに移り住み、またやもめになってひとり住まいをしてきたこの戸建の家を売り払うつもりだった。もうこれ以上この家を負担するつもりはなかった。彼はこの町が好きではなかった。よく考えてみると、このショワジー＝ル＝ロワで彼女と再会できたことは奇跡的な偶然だった。四十年の歳月が過ぎ、沈黙の天使も通り過ぎ、ひとつの魂が昇天し、ひとりの女が忽然と歩道に現れて、月桂樹の枝葉のあいだに顔をつっこみ、シスター・マルグリートの亡霊が不意にこの世の空間に滑り出したのだから。

「で、今、ふたりの亡霊がいっしょにお茶を飲んでいるわけね」と彼女は受け答えた。

「ママのお茶はおいしいでしょ？」

「ジョルジュ、あなたは自分の言っていることがどれだけ正しいかわかってないようね？　私は亡霊になった女なのよ」

「そんなことをほのめかそうと思ったわけじゃないよ。そんなことを言おうとしたんじゃない」

「お茶はおいしいわ。あなたのお母さんはずっとちゃんと料理をしていたの？」

「うん、ずっとね。ママは再婚したんだ。それからまたやもめになってね。でも、ひとり暮らしになっても料理はしていたよ」

「すばらしいわ。めったにないことよ」

「君にはとても想像できないだろうな！　異常な面だってあったんだ。朝の六時から夜の九時までだからね。ママは料理をして一生すごしたんだ。君にはとうていわからないよ……」

「こんなふうに、おたがい親しげに君僕《きみぼく》で話していいのかしら？」

「どうしてそんなことを言うんだい？」

「気まずいの」とアン・イダンは言った。

「僕らはずっと君僕で話してたんじゃないか」

「それがいやなの。だから気まずいの」

「いまさら君僕をやめられないよ！　そのほうがよっぽど気まずいよ。アンヌ＝エリアンヌ、ふざけるのもいいかげんにしろ。僕らはずっと昔からの知り合いじゃないか。ちょっと立てよ」

彼は彼女に手を伸ばし、二人は二階に上がっていった。

会話は止まっていた。

二人はジョルジュの母親の寝室に入っていった。アン・イダンは不謹慎だという感じがした。部屋の真ん中には、四つの丸い銅の飾りのついたベッドが鎮座していた。ベッドの脚まで覆うカバーには刺繍がほどこされていた。エヴリーヌ・ルーランジェの遺体がまだそこに横たわっているような印象を与える寝室だった。

「ベッドカバーはママが六年がかりで縫い上げたものなんだ」

「わかるわ。とてもきれい」

「醜さの極致だよ」

「お母さんの料理が恋しい？」

「そうとも、そうでないとも言える。君にはわからないよ。一種の強制だったからね。おかげで痩せられそうだ」

彼女は二十世紀初頭の黒檀の鏡台を見つめていた。

どうして自分がパリ南方に位置する郊外の奥まったところにある家の、埃っぽい古びた寝室にこうしているのか、彼女にはもうわからなくなっていた。

「ほら、これが僕がさがしにきた写真だ」

「ええ……」

マホガニーのとても大きな額縁の中に、小学校時代の六枚の学級写真が互いに重なるようにして収められていた。

アンはベッドの端の、エヴリーヌ・ルーランジェが縫い上げたベッドカバーの上に腰を降ろした。

古い写真の一枚には、マルグリート先生《シスター》の横に、ベンチに並んで座っている自分の姿が写っていた。髪は三つ編み、膝まであるぶ厚い毛糸の靴下を履いていた——そして彼のほうは、後ろの高い列に立ち、彼女と同じく黒い上っ張りを着て、ベレー帽をかぶっていた。

「ほら、ここにいるじゃないか！」

「妙だわ。ずいぶん古ぼけちゃって……」

彼女の目にまた涙が浮かんできた。

「あの当時はまだ、学校の中で頭にかぶりものをしていてもよかったんだね」

彼女は大きなマホガニーの額をベッドカバーの上に置いた。

「夕食につきあってくれないかい？」とジョルジュが尋ねた。「いろいろ説明してほしいことがあるから……」

「今夜はだめよ」

「今夜じゃないよ、もちろんさ。そのうちね。田舎でさ。いずれにせよ、僕はここに住んでいるわけじゃない。テイイに住んでるんだ。ヨンヌ県にある。ヨンヌ川にも面している。まずはママのこの家を一切合財売りに出さないことには……」

「あなた、自分の母親の持ち物をみんな売りに出すの？」

「そう」

「みんな？」

「そう」

「それでいいのかもしれないわね」

「その一方でそれがどれだけ苦痛か、君にはわからないだろうね。でも僕だってたくさんのものを抱えている。彼女が誰のためにそんなにたくさんのものを保存してきたのかわからない……。僕自身も誰のためにこんなにたくさんのものを溜め込んだのかわからない……。君はいまでもブルターニュに住んでいるのかい？」

「いいえ」

「で、お母さんは……今もご健在？」

「ええ」

彼女は声を低めて続けた。

「ママは今もあっちに住んでるわ」

「で……今も待っているの？」

「そう、今も同じ家でね。毎日。あいかわらず。今も待ってる」

彼女はベッドランプに寄った。そして言った。

「ただしこの次の日曜日、彼女に会いに行くことになっているの」

アンはため息をつきながら、自己正当化するように言い添えた。

「公現祭だから」

彼女は立ち上がった。額を壁の元の位置に戻した。そしてあらためて自分の三つ編みを、まん丸で生真面目そうな大きな目を、上っ張りからはみ出しているフラノの袖を見つめていた。

「下に行こうか」と彼は言った。「できたてのフルーツゼリーがあるんだ。僕が作ったんだ。掛け値なしにおいしいから……」

「どこなの、あなたの住んでる町って？」と彼女は尋ねた。

「ブルゴーニュの国境《くにざかい》のあたり。ヨンヌ川はブルゴーニュを流れているからね。正確に言うと、サンスとジョワニーのあいだ。来てみればいいんだよ。すばらしいレストランがいくつもある。たったひとりで食事をすることくらいぞっとすることはない。君にはわからないだろうけど」

「それはちがうわ。今もむかしも、私はひとりで静かに食事をするのが好きよ、窓辺の隅の席でね」

「そういうのはまっぴらだね」

「私は好きよ」

「つい食べるのが速くなる」

「私はちがうわ」

「じろじろ見られるし」

「たしかにじろじろ見られるし、それで気分がよくなるはずがないわ。それでもひとりで静かに食事をすることは、私にとってこのうえない喜びなの」

「その意見には賛成できないな。食事がまずくなるのは沈黙のせいだよ。料理を賞味し、嚙んだり飲んだりしながら感じたことを表現できないじゃないか。僕にとってはひとりで食事するのはたいへんな苦痛だね。僕となら食べてくれるのかな？」

彼は懇願するような口調になっていた。それでたちまち堪えがたくなった。彼女は彼の腕に手を置いた。そしてきっぱりと言った。

「そのうちね、ジョルジュ」

二人は玄関前の庭を渡った。彼は上着のポケットから紙入れを取り出した。

「僕の名刺だ、僕の電話番号が……」

「さっきくれたわ」

＊

国道六号に出たところで、彼女は急に車を停めた。

遅滞なく痛みを味わいたかった。

というよりも、人目をはばかることなく、自分の感じている悲しみに直面したかった。

彼女はホテルに入って部屋を取った。

アルフォールヴィルにあるホテルだった。部屋の窓はショッピング・センターとガソリン・スタンドに面していた。サービス・ステーションはまだ開いていた。彼女は外に出て、水とキャラメル・チョコレートのバーを買った。部屋に戻るとドアを閉め、靴を脱いでベッドに歩み寄ると、乱暴にベッドカバーをはぎ、服も脱がずにベッドに滑りこみ、体を丸めた。

しばらくすると彼女はベッドから降りて部屋の床に膝をつくと、マットレスの上で指を十字に重ね、少女のように大きな声で祈った。

それからまたベッドの中に潜りこみ、二つ重ねた枕に顔を埋めた。

涙の欲望が止まると、痛みは激しくなった。

そして彼女は裂けた。

＊

夜も更けた。彼女は門扉の錠を開け、庭を通り、階段を上がり、玄関のドアを開け、静かに家の中に入りこむ。

暗がりのなかで動く人影に彼女は気づく。

突然、明かりがつく。パジャマ姿の彼が入口に立っている。

「何時間も待ってたんだぞ」

その顔は心底取り乱している顔だった。目がらんらんと輝いている。

彼女は小声でつぶやく。

「そんな必要あるのかしら？」

彼は怒鳴りはじめた。

「どこに行ってたんだ？」

大声を出す彼を見ながら、アンは相手に歩み寄り、目を見据えて、自分の声をささやくほどに低く抑えて言った。

「お黙りなさい」

彼はすぐに大声を出すのをやめた。そして言った。

「気が狂いそうなほど心配したんだ。電話くらいしてくれてもよかったじゃないか。アン、時計は見たのか？」

アンは答えない。その脇をすり抜けて、食堂に入った。そして食卓につく。彼がそのあとを追う。その彼のほうに彼女は目を向け、しばらくじっと見つめた。彼女は椅子の上で背筋を伸ばす。思い切り息を吸いこむ。そして一気に言い放った。

「私、あなたと別れる。終わりよ」

彼はドアの枠のところで立ちすくみ、パジャマ姿で髪を乱したまま、あんぐりと口をあけている。

最初は言葉が出なかったが、やがて小声で言った。

「もう一度言ってくれ」

「私たち別れるのよ」

「なぜ?」

「自分で考えて」

「僕には理解できない。なぜ別れなければならないんだ?」

「トマ、お願い。説明は不要でしょ。出て行って」

「君が僕に何かを求めることはないだろ。真夜中なんだよ」

「だから?」

「君は僕に出て行けと言っている」

「いかにも」

「アン、僕を見ろ!」

アンはゆっくり時間をかけた。彼女は相手を真正面から見据えた。そして言った。

「もうたいしたものは見えないわ」

彼女は食卓に手をつく。疲れていた。そのまま立ち上がり、廊下に出た。

「誰か好きな人でもできたのか？」と彼はきいてきた。彼女は肩をすくめた。

「誰もが自分と同じではないのよ、トマ」

彼は彼女の腕をつかんだ。強く握った。彼女は痛がった。

「放して！」

彼女は彼の手を振り解いた。そのまま階段を上がった。納戸に寝具を取りに行った。屋根裏にしつらえた三階の小さな二つの部屋のどちらかで寝るつもりなのだ。日曜日は羽根布団をかぶって過ごした。食事も取らず。

＊

月曜日の朝、時刻はまだ八時にもならないころ、車のドアが開け放たれたまま、アンはハンドルを握っていた。

トマは通りに立って、ワイシャツのボタンをはめていた。

二人は口早に小声で話していた。彼は言い募っていた。

「僕は君を愛している」

「いいえ」

「こんなふうに別れることはできない」

「できるわ」

「十五年も連れ添ったんだ」

「だから?」

「話し合うべきだよ」

「無用だわ」

「でも、こんなふうに理由もなく、説明もなく、僕の人生を決めてしまうことは許されない」

彼の声は甲高く、滑稽になっていた。歩道に人がやってきた。彼女は声を低めた。

「ドアから手を放してちょうだい」

「アン、僕は君を愛している」

「嘘だわ」

にわかにトマの顔が翳った。真っ青になった。ようやく彼女はドアを閉めた。

「今夜、今夜は……」彼は窓の向こうで懇願していた。

バックミラーのなかには、道端に並ぶ車の一台のボンネットに手をついて頭を上げ、大きく息を吸いこもうとしている彼の姿が映っていた。

＊

彼女は音楽出版社のドアを押した。そのまま自分の部屋に入り、スカーフを取り、バッグを置き、コートを脱いだ。それからロランの部屋に入り、コーヒー・メーカーのスイッチを入れ、階段下に水をくみに行った。面を上げて、洗面台の上に据え付けられている小さな鏡に映る自分の姿に目を向けた。局面によって変化する肉体を持つ女がそこにいた。力強く、スポーツ好きで（アンは水泳が好きで、週に何度も泳いでいた）、まばゆいばかりに輝いている日もあれば、力なく、陰気で、奇妙なほど角張っている日もあった。今日は不調な日にあたっていた。顔が三角で青ざめている。

ジョルジュ・ルールから教わった電話番号に彼女は電話をかけた。

彼女の質問に対して、彼は要領を得ない返事をした。

「私、起こしちゃった？　そうなの？」

「うん」彼は間を置いてからそう打ち明けた。

「またあとで電話するわ。この前の晩は、別れ際が少し唐突だったわ。悪く思わないでね」

「悪くなんか思っていないよ」

「あなたと再会できて、とてもうれしい」

「僕も君と再会できて、うれしいよ」

「私、ひとりになる必要があったの。今もひとりになる必要があるの。どうやら私は、この人生において、私の人生の実質的な部分において、ひとりになる必要を感じているらしいの」

「今までひとり暮らしをしたことはないの？」

「ないわ」

「じゃ、それを祝って飲むとしよう。今日の昼は、ママの蔵からいいワインを選んで開けるとしよう。そして君のことを考えながら飲もう。君の人生の実質と僕らの再会を祝って飲もう。ひとり暮らしをすればいい。ひとり暮らしをして、好きなときに戻ってこいよ。そうしたら、その年齢に達してなお成長することがなぜすばらしいかを説明してやろう。なぜならば、その年齢とは僕の年齢でもあるから」

第二章

「僕のほうは生のレバーとアスパラガスにしよう」

注文がすむと、二人は黙った。やがてアンが考えを改めた。ギャルソンを呼んだ。

「さっきお願いしたものに加えて、サラダを作っていただけないかしら」

「シンプルなサラダでございますか?」

「ええ。ただし酢は使わないで。レモンにして。塩とオリーブ油とレモンだけ」

ソムリエがワインを持ってきた。トマが味見をした。ソムリエが立ち去ると、トマが厳粛な口調で切り出した。

「まじめに話し合いたいんだよ」

「どうしたってそうなるでしょうね」と彼女は応じた。

二人はまた口を閉ざした。

アンは言った。

「トマ、この週末は私はブルターニュに行くことを憶えておいてほしいの。土曜の午後に発つわ。ママのところで公現祭のお祝いをするの」

「知ってる」

二人は口を閉ざした。

「そんなことが話したいんじゃないんだ。アン、きみから僕に話してほしいんだ」

「そのほうがそもそもむずかしいのよ」

「ちゃんと僕に説明してほしいんだよ……」

「それってあまりに安易すぎるんじゃないかしら」

「どうして?」

「それって私が説明するべきことなのかしら。あなたの生活を振り返ってごらんなさい。ショワジーの、月桂樹のある庭を想像してみて。あなたは芝生の上を歩く。若い女が玄関の階段の上で待っている。そして唇をあなたの唇へと差し出す」

そこで彼女は不意に口を閉ざした。

彼はこの沈黙を破ろうとしなかった。目を伏せたまま、彼女のほうに向けなかった。

しばらくして、彼はつぶやいた。

「これからどうなるのか、君の考えを聞かせてくれないか」

彼女はギャルソンが給仕を終えるのを待った。二人きりになると、彼女は言った。

「出て行って」

「いやだ」

「出て行かなくてはだめよ、トマ。あの家は私のものだし、これからは私の生活も私のものだわ」

「話にならない」とトマが言った。

彼はナプキンをテーブルの上に置いた。

「今まで築き上げてきた僕らの生活のすべてを君が壊してしまうことを、どうして僕が受け入れなければならないんだ?」

「なぜなら、私が四十七歳だからよ。四十七年前、私はブルターニュの小さな町に生まれ、背中には三つ編みの髪をたらし、膝まである靴下をはいていたわ。それがささやかな理由よ。私にはもう過誤を犯す権利はないの」

「僕はその過誤なのかい?」

「トマ、あなたは過誤じゃないわ。過ちよ。あなたはたんなる過ちよ」

するとトマの口許に脅しのしるしが浮かんだ。声が大きくなった。口調が突如として鼻にかかり、甲高くなった。彼は理由という言葉よりも権利という言葉に食ってかかった。けっして君の思いどおりにはさせないと息巻いた。偉大なる神々に誓って、君の全人生は僕に捧げられるべきものだと言い放った。彼は彼女の手を取り、唐突に言った。

「僕は君を愛している……」

「やめて。お願いだから、その言葉を使わないで。でないと席を立つわよ」

「心の底から……」

そして、彼がさらにこの言葉を繰り返したので、彼女は席を立ち、レストランから出て行った。

*

昼食の時間になったが、彼女は空腹を感じなかった。彼女のいるところは仕事先の界隈だった。新聞を買いに外に出たのだった。曇り空だった。寒すぎて公園のベンチに座ってはいられなかった。朝刊をめくりながら、とりあえずカフェに入ろうとしていたとき、彼女はふと立ち止まった。

不動産屋の大きなショーウィンドウに、家の写真が十枚ほど貼り出されていた。

彼女は写真と価格をじっくり見つめた。どれも売りに出されている家だった。山中に見捨てられた小さな駅舎を転用した家、ヌイイの一戸建て、バスティーユ風のロフト、大西洋岸の砂に埋もれた中世風の港、パリ八区の三軒の個人邸宅。彼女はなおもじっくり考えていたが、やがてゆっくりと、ほとんど夢のなかにいるようにドアを押し開けると、灰色の長い髪の、縞柄のスーツを着た年配の男の前に座った。男は注意深く彼女の話を聞いた。しばらくすると男は相手の話をさえぎると、立ち上がって、自分についてくるようにと促した。

二人は不動産屋の社長室に入った。

彼女はそのとき思いついた名前を名乗った。不動産屋はこの偽名に基づいて書類を作成した。彼女は誰にも告げなかった。誰にも何も言わなかった。不動産屋が知っているのは彼女の携帯電話の番号だけだった。それはしかもプリペイドカード式の古い携帯電話だった。二年前にサン＝トゥアン門で買い求めたものだった。

＊

彼女はその日の午後に辞職を申し出た。ロランとはすぐに合意に達した——彼女は十年以上にわたって、この音楽編集者のもとで働いてきたのだった。

「わかったよ、アン。要するに、あなたはもう僕のためには働いてくれないけれど、あなたの作るものについては、今後も僕が出版を担当するということだね？」

「ええ」

彼は何と言えばいいのかわからなかった。それで彼はこう言った。

「何と言えばいいのかわからないいな」

「それでいいです」

「おもしろい年明けになったね」

「そうですね」

「妙なくらい暖かい」と彼は言い添えた。「うちの庭は新芽であふれているよ」

「あら！」

彼女の出勤はあと一週間だけということで二人は合意した。現在進められている仕事をすべて彼に引き継いでもらうためのみならず、彼女が使っているコンピュータの使い勝手と操作方法のすべてを彼に説明するためにはそのくらいの時間が必要だった。

「金曜日ですべてが片付いたら、できれば金曜日に出発したいのです。ブルターニュの母のところに行く予定になっているので」

「もちろんだよ。あなたの望む日までにすべてを片付けよう」

「今回は公現祭が終わってもしばらく滞在するつもりなんです」

「アン、ではそういうことにしよう。辞職予告期間もちゃんと払うから」

「そういうことはしません」

「そういうことはしないわけだね。僕は君の作品を出版しつづけ、僕らは信頼できる友人のままでいるというわけだ」

ロランは立ち上がった。そして初めて――最後に――デスクの向こう側から歩み出ると、彼女の腕を取り、両頬にキスの挨拶をした。

＊

不動産屋の社長は夜になってから彼女に電話をかけてきた。トマはまだ帰っていなかった。

「アミアン夫人でしょうか？」

「ええ」

「助手といっしょに明日お伺いしてもよろしいでしょうか？」

「ええ、どうぞ」

「明日は木曜ですが」

「ええ」

「明日の朝はどうでしょう？」

「できれば午後一番にしていただけないかしら？」

「私は行けませんが、助手が伺います」

「ありがとう」

女性の助手は男の同僚とともにやってきて呼び鈴を押すと、あちこち寸法を測りはじめた。若い女は簡単な絵を描いていた。若い男は何枚かの写真を撮った。二人は急いではいなかった。

作業は一時間続いた。当初は家の買い手に対しても、彼女はアミアンという名で紹介されていた。やがて彼女はこの名は最初の夫の名字なのだと言い訳した。だが、彼女は正式に結婚したことはなかった。トマは彼女に婚姻を申し出たわけでも、自分の姓を名乗ることを求めたわけでもなかった。彼女の人生でトマに先立つ二人の男についても、彼女はそういうことを望んだことはなかった。変わった女だった。音楽家としてはアン・イダンとして通っていた。彼女はブルターニュで生まれ、彼女の母親の宗教であるカトリックの習慣に則り、エリアンヌ・イデルシュタイン（Hidelstein）として洗礼を受けていた。彼女はけっして表立つことがなかった。彼女の顔を知る人は誰もいなかった——たしかに二十一世紀初頭のこの世界にあって、現代音楽はあまりに蔑ろにされているから、新たに作曲されるすべての作品はほとんど顔がないと言っていいのだが。彼女の出すCDのジャケットには、自分の書いた曲に多少なりとも似合っていると思えるすばらしい嵐の空の断片があしらわれていた。全部で三枚。ほぼ十年に一枚。作曲はほとんどしなかった。ロランのもとで仕事——校正よりはやや編集に近い仕事——をするのが好きだったが、それ以上の執着はなかった。非常に変わった性格だった。極端に受身なのだ。内に籠もるといってもいい。だが、この見かけの消極性には独自の積極性が含まれていた。彼女は芯から物静かだった。穏やかなところのまったくない静けさ、ひたすら頑固で内向きの静けさ。彼女は誰かにおもねることはなかったが、それ以上に相手が誰であれ、命ずることもなかった。彼女はほとんど人目を避けた生活を送っていた。愛用の三台のピアノに囲まれ、その三台のピアノに守られ、人付き合いの悪い、ほとんど修行僧のような、勤勉で隠れた生活だった。面を上げて、目の前を流れる川に目をやれば、あたりはすっかり灰色になっていた。向かいの岸だけが白っぽかった。木々も平底舟も鈍い光のなかで灰褐色に染まっていた。

第三章

不動産屋の若い女と若い男が立ち去ると、次に彼女が家を出たのだった。車に乗り込み、走らせ、煙草を売っているカフェで携帯のプリペイドカードを買い、ついでにラッキーストライクも買った。そしてさらに車を走らせた。セーヴルに通じる国道を走り、ちょうどムードンの丘陵地帯のふもとまで来ていた。ほんのわずかに風があった。パリの空気には独特の腐ったような、ハム・ソーセージと重油が混じったような、おぞましい臭いがあった。セメントで縁取られた野原の端っこに真っ白い樹木の切り株があるのを見つけて、彼女はそこに腰かけた。伐採されたばかりの樹木からは目には見えない古い大地の匂いがした。陽が沈もうとしていた。

五時頃には夜になった。

彼女は河の前に座ったまま、土手を打つ水の流れを見つめた。彼女の苦しみは一種の痛ましい待機となっていた。

切り株に腰かけて、彼女は懸命に考えていた。

雨と突風がやってきて、にわかに彼女は追い立てられた。

まさに闇のなかを——生ぬるい驟雨に打たれながら——一目散に退却し車に戻ろうとしているとき、一時間前からずっと自分に問いかけていた質問の答えを彼女は見つけたのだった。

車の中に避難し、運転席に座って、耳をつんざく車の天井を打つ激しい雨音を聞きながら、闇と雨に包まれ、セーヌ沿いの、街灯の明かりに浮かび上がるアーヴルの歩道橋の近くで、ようやく彼女のなかに安堵が広がったのだった。

本当の安堵ではないにしても、深く広大な、不安まじりの力強い静けさが彼女を包んだ。

少なくともそれは根本的な解決策だった。

このうえなく単純で、このうえなくすばらしい解決策だった。

車内に避難したまま、彼女は携帯電話で不動産屋に連絡した。翌日の午前中に約束を取り付けた。

＊

「ご承知でしょうが、年明け早々買い手がつくことはあまりないのです」

「建物と同時に家具も売ることはできますか？」

「お望みならそうしますが、ただし面倒になりますよ。別々にお売りになったほうが得策でしょう」

「どうしてですか？」

「言うまでもなくピアノがあるからです」

「ピアノについては問い合せ先を知っています」

「家具についてはまだ見積もりを出してはおりません。昨日の段階ではそちらのご希望を把握しておりませんでしたから。でも、建物といっしょにご売却となると、まちがいなく損なさいますよ」

　不動産屋は躊躇していた。

「私自身が出向いて調べたほうがよろしいかもしれませんな」

「引き受けていただけるんですか？　見積もりを出してもらえるのですか？　私個人としては、できればこういったことに手を出したくないのです」

　相手は考えを巡らせていた。

「どうしてもとおっしゃるのであれば、お引き受けしましょう。骨董屋をいくつか知っていますから。それに古道具屋も……」

「もしよろしかったら、昼食はいかが？」

「あいにく時間がありません」

彼女はなおも食い下がった。

「たしかに金曜日ですからね」と彼は折れた。「一月ですし。わかりました、でも一時間ですよ。一時間かっきりですよ！」

彼女は笑みを浮かべて立ち上がった。

「私、気の利いた小さな店を知ってますから。定食がいろいろ選べて、どれもおいしいんですよ」

彼女はデスクに身を乗り出すと、受話器をとって番号を押した。

「以前、そのあたりで働いていたことがあるんです。予約させてください」

レストランを出て、不動産屋の社長と別れると、彼女は携帯でジョルジュ・ルールに電話した。彼はショワジーにはいなかった。そこでヨンヌ県のテイイのほうの番号にかけてみた。

「ジョルジュ、私のこと話題にした？」

「いや」

「誰かの前で私の名前を出したりしなかった？」

「おいおい、誰が君のことを取って食うっていうんだ？　僕の話し相手は誰ならいいんだ？　誰となら許してくれるんだい？」

「ちゃんと答えて」

「冗談じゃないよ！　僕はひとりなんだ。ママが死んでから、完全にひとりになったんだ！

そうさ、ママの幽霊には君のことをずいぶん話したけどね」

「私、迷信深いのよ。そういうのやめて！」

「僕はひとりなんだ、ほんとうにひとりなんだ、アンヌ＝エリアンヌ、君にはわからないよ。ずっと前から恋人もいないんだ」

「そのほうがあなたにとっていいのよ」

「根拠もなしにずけずけ言うね」

「繰り返すわよ。そのほうがあなたにとっていいのよ。私にとってもね。その秘密を私のためにとっておいてよ、ジョルジュ、お願い」

「君のお望みとあらばなんでもするよ」

「約束して。私のことも、私との出会いのことも誰にも話さないで」

「誓うよ」

「ほんとに誓う？」

「ほんとに誓うよ」

「ジョルジュ？」

「うん」

「すぐにあなたと会えないかしら？」

「僕はテイイにいるんだよ」

「わかってる。電車に乗るとしたら、どうすればいい？」

「リヨン駅《ガール・ド・リヨン》に行って、十七時三十分発に乗ればいい。サンスまで直行だ」

「むり。今日はむりよ。明日はどう？」

「明日は、朝なら九時発に乗るんだな。夕方の列車よりきれいだ。より静かで快適だよ。同じく直行だけど、ベルシー駅から乗って、やっぱりサンスで降りるんだ」

「わかったわ。サンスに着いたらどうするの？」

「駅で待ってるよ。ジョワニーのレストランに電話して、夕食の予約をしておくよ」

「それはむり。夕方には帰りたいの。公現祭のお祝いにママのところに行く約束をしているから……」

「だったらテイイだな」

「好きなようにして」

彼は口を閉ざした。

「なんてこった！　そうか、君はあっちに行くわけだ」彼はいかにも辛そうな声で言った。「僕は三十年以上も帰ったことがない……。僕は君を五時発の列車に間に合うようにサンスまで送っていくよ。そうすれば六時にはパリに着く。いったん家に戻る必要はないだろう」

「私もそのほうがいいわ」

「ベルシー駅から直接モンパルナス駅まで行けばいい」

「そうね」

「メトロで一本だ」

「そうね」

＊

彼はサンス駅の長くてみっともないプラットフォームの上で彼女を待っていた。黒いジーンズに、黒いフリースのぶ厚い上着を着ていた。雨が降っていたが、顔まで隠れる大きな黒い革のボルサリーノをかぶっていた。

「アンヌ＝エリアンヌ、キスの挨拶はしないほうがいい、少し具合が悪いんだ。たぶん風邪をひいたんだと思う」

アンヌは彼の頬にキスの挨拶をした。

彼が運転している車は、古いシトロエンの灰色の小型トラックだった。

車は川と柳の並木に沿って走った。やがて、小さなテイイの町の門に面した囲いのある大きな駐車場に入り、土手で駐車した。

ヴィル＝ヌーヴ＝シュル＝ヨンヌとジョワニーのあいだに、川に面した村があるのに彼女は気づいた。村とさえ呼べるかどうか。十七世紀にさかのぼる低い壁に囲まれた河川港。その小さな集落には三つの門があり、いずれも狭く車では通り抜けられなかった。最近できた小さなヴェネチアのようだった。歩行者だけしか入れない閑静な町。家並みは厳しく古く、黒と赤の壁に覆われている。戦争が終わって、村はもう戦死者以上の変化を受け入れないことにした。のちに地方や県からの資金は受け入れたものの、できるだけ目立たず、できるだけ洗練された近代化を選んだ。こうしてこの村はほかにあまり例のない、より貴重な、より自然で、それでいて余所より時代遅れでもなく、より豊かな村となった。

二人は百メートルほど歩いた。

みすぼらしい庭に続く鉄の格子戸を彼は押しあけた。庭には原付《ソレックス》が置いてあった。

「ここに上がるの?」

「ここは僕の友人の持ち物なんだ。本人は死んでしまったけど」

「ごめんなさい」

「君が謝ることはない。死んだのは十二年前だ」

「その人のこと、すごく好きだったの?」

「すごくなんてもんじゃない。ほんの短い期間だったけどね。好きだった」

「あれ、使ってるの?」

「局留めの郵便物を取りに行ったり、スーパーマーケットに買い物に行ったりするときに使ってる。町にはトラックも車もないけど、さすがの町長もスクーター、ソレックス、モビレット、スケートボードまでは禁止できなかったんだ」

「私も使っていいのかしら？」

「いつでもいいよ」

「ブルターニュにはソレックスがあったわね」

「とくにプジョーの大型自転車が目立ったね、ばかでかい荷台のついたやつさ」

二人は中心となる大きな家の中に入っていった。さほど面白みはないが、とても清潔で、とても快適そうな、家具調度にあふれ、凝りすぎ贅沢すぎの、寝室が十室もある家だった。ジョルジュは大半のときをこの家で過ごしているのだった。

目の前に広がる庭には、彼お気に入りの柘植、エニシダ、竹、紫陽花、壁に跳ねる小さな噴水があり、大きなバラの木がいたるところにはびこっていた。

この庭の端にはもっと古い家が二軒、川に面して建っていた。左側の家は藤におおわれていた。東側に位置するもう一軒の家は蔦に埋もれていた。

庭の奥からは——ヨンヌ川の岸辺まで行って、そこから振り返ると——中心となる家の裏壁が黒い樋から屋根にいたるまで、葡萄の蔓におおわれているのが見えた。

岸辺の二軒の家にはそれぞれに小舟があり、それぞれに木立があった。蔦の絡まる家の黒い小舟は、ヨンヌ川に面した壁にじかに据え付けられた鉄環に舫《もや》ってあった。岸辺にへばりついている野バラの、棘だらけの大きな枝がその小舟を守っていた。

左側の藤蔓におおわれた家には四つの部屋があった。ジョルジュの友人はかつてここをアトリエとして使っていたので、裏返しのキャンバスがあふれていた。今ではジョルジュが塩ビのレコードやら古いプレーヤーやらカセットやらをそこに押しこんでいるのだった。この家には明るい緑のプラスチック製のボートがあり、永遠に柳の枝に守られていた。

蔦に隠れている右側の家にはもう何年も人が住んでいなかった。庭に面している最初の部屋には、古い暖炉と虫に食われた大きなビリヤード台があった。ヨンヌ川に面している部屋のほうには、手すりつきで脚の長い、棚に囲まれた一昔前のベッドが置いてあった。二階には空き部屋があって、つぶれたトランクが床に転がっていた。見捨てられたままになっている残り三つの部屋のどの窓にも虫に食われ、埃まみれの古いカーテンがかかっていた。

「こんなの耐えられない！」

アンはまた顔に蜘蛛の巣を引っかけていた。

「どこもかしこも蜘蛛の巣だらけじゃないの」

「隣の住人が清潔病だから」

「話の関係《ジャヴェル》が見えないけど」

「家中に消毒液をふりまいているんだよ。テレビからトースターから郵便受けに至るまでね。なかなか魅力的な人なんだけど、虫を見つけると、しょっちゅうスプレーを持って追いかけ回してる。そういうわけで、われわれの庭に虫があふれる。迫害されたすべての蜘蛛がこちらに避難してくるというわけなんだ」

彼は水辺を指さした。群生する姫海芋《ヒメカイウ》、野生に戻って岸辺のいたるところにはびこる巨大なバラ、ロワール流域特有の黒い小舟、林檎の木、真鴨はハシバミの下に潜ったり、西側の小舟を舫った柳の下に休みに来たりしていた。

とても細かい粉糠雨がおやみなく降り、川面にたなびく霧にそのままつながっていた。テイイの古い橋はこの世の外側に、雨まじりの霧の上に浮かんでいるようだった。

第四章

「歩いていく？」

「もちろん」

彼は玄関のドアを引いた。彼女は門扉の前の歩道で彼を待っていた。

「腕を組もうよ」と彼は言った。

「テイイ＝シュル＝ヨンヌの全住民がひそひそ噂するわよ」

「望むところだ。どれだけ幸せか！」

こうして二人は、橋の近く、港の鋪石の上に直接建てられたレストランまでやってきた。霧が橋脚や菩提樹の並木の列に絡みついていた。

川面はまるで見えなかった。

「とても気持ちがいいな」

「何が？」

「女性の腕が自分の腕に絡んでいるのを感じることがさ」

ジョルジュは鶉を頼んだ（揚げたヘーゼルナッツとマッシュポテト添え）。

アンは子羊のフィレを頼んだ（アンズタケのソテー添え）。

ジョルジュは彼女と食事をともにできることはこのうえない幸せだと繰り返した。

それから列車の時間を待つあいだ、二人は川に沿って歩いた。

霧はほとんど溶け出しているようだった。なお柔和になっていた。舗装された土手の上に石のベンチがあった。水仙の葉の上でさざなみがきらめいていた。ヨンヌ川の境目に広がる石のあいだから、小さなプラムの木が生え出ていた。

最終的にアン・イダンは詳しいことは何も語らなかった。

ジョルジュは胸のうちを明かすように迫ったが、彼女は明かさなかった。彼は言った。

「僕の大切な同級生はきっとブルターニュの蝸牛になって、殻のなかに閉じこもってしまったんだな」

すると彼女は彼の口をふさぐために彼の手を握った。

しばらく歩くと、二人は立ち止まった。

彼女は言った。

「ジョルジュ、私はトマと別れたいだけじゃないのよ、あらゆる関係を絶ちたいの。もちろん、あなたは違うわ。あなたは別。私にはあなたが必要だわ」

「僕は何をすればいい？」

「わからない。私としては、先立つ人生を消そうと思ってる」

「君は少し動揺しているんだよ」

「いいえ。ただ、どう手をつけたらいいのかまだよくわからない。今のところは私のそばにいて、我慢して、私の友達でいてほしいの。ただの友達よ。了解？」

「了解したけど、なぜ？」

「なぜはなし、私のために秘密を残しておいて」

「秘密ってやつは大好きだよ」

「一般論じゃない。私の秘密はひとつ」

「何にもまして、その秘密を守ると君に約束するよ」

ジョルジュは喜びに火がついた。極端に情緒的な男だった。情緒的な男とはどういう人間か？　ひとりで食事をしないことを好む人間。ジョルジュはアンと食事に行くと思うだけで、目に涙が浮かぶのだった。本当は泣いていなくても「彼女と食事か。目に涙が浮かぶ」とつぶやくのだった。

＊

その夜、彼女は女王になった。

夜も更けて。

木靴をはいた女王。

彼女の母親にとっては大きな失望だった。

「これはひとつのしるしだわ」と彼女は思った。子供用のベッドに潜りこみ、羽根布団を引き上げながら（足先で銅の湯たんぽをさぐりながら）、「私がこの世に別れを告げたいと思うことは正しいということを示す立派なしるしだわ」と思うのだった。

＊

一月十一日、日曜日の昼食も終わりかけたころ、イデルシュタイン夫人は四十七歳の娘に向かって、ロックフォールチーズを切り分けるときに、黴の部分をみな取ってしまうのは言語道断だと諭した。

「娘や、白い部分をみんなにゆきわたるように分けることは、ごくあたりまえのことでしょ」

彼女は眉をひそめた。

するとそのブルターニュ人特有の目が強烈な青みを帯びた。

鮫の肌のような青。

そのときアンはにわかに、彼女自身の肉体の内部に、自分の娘に対する受け入れがたい漠とした感情と苛立ちに震えている母親の腹部と上半身を感じたのだ。

母親のかたわらで数時間を過ごしたのち、幼年期のすべてがよみがえってきた。

欲求不満、従属、躾、偏執的なこだわり、抑鬱、憎しみ、そのすべてがふたたびあふれてきた。

往時の雰囲気がそっくりそのまま、ヴァイオリンの指板に張り渡された弦のようにまた張り詰めた。


来る前に期待していた楽しみの数々がみな、とても耐えられそうにない試練と化してしまった。デザートのときには、彼女はみずから立ち上がり、オーブンから新しい焼き菓子《ガレット》を取り出しに行った。こうすることで、ひとり娘は母親に女王の役を譲ろうと画策したのだ。だが、食卓に戻り、ガレットを切り分けたとき、彼女はしくじった。怒れる母親の老いた短い髪の上に、それでも公現祭の王冠を被せようとした〔公現祭の集いでは、丸い大きなケーキを切り分け、中にそら豆もしくは陶の人形の入っていた人が王または女王として祭りの主役になる〕。母親はそれを受け入れなかった。二十一世紀初頭のフランス、大西洋岸の縁に位置するブルターニュ地方にあっては、ここ数年、老婦人のあいだに髪をとても短く切る風習が広まっていた。そのため少年のような髪型になっていたのである。おまけに、歯科医が不幸な顎に処方する消毒液にも似た青みを帯びた凄まじい白色に染めていたのだった。

第五章

アンの母親はブルターニュで、彼女の祖父が建てた豪壮な邸宅にひとり住まいをしていた。その祖父が死に、アンの父が妻も娘も捨てて出ていったときでも、マルト・イデルシュタインはこの広い邸宅と別れようとはしなかった。それどころかヴァカンスを理由に家を留守にすることさえ望まなかった。彼女は夫を待っていた。突然の罪意識を感じて、あわてて帰ってくるとサロンの絨毯に――いや、玄関マットの上に――それどころか海岸の砂浜で――膝をつき、夫が妻に許しを請う日が来ると思っていたのである。

そして彼女は許すつもりでいた。

このあたりには第二帝政様式のやはり豪壮な邸宅がほかにも二軒あったが、ここより遠くの浜辺の、もっと海に近いところに位置していて、より人目を惹き、はるかに英国風で趣向を凝らした装飾がほどこされていた。

イデルシュタインの家には切妻壁も、半円アーチの屋根もなく、派手なレンガの壁もなかった。唯一の目立つ装飾は、大洋に面して大きく開かれているボウ・ウィンドウ式の大きなガラス窓、庭の下に立てられた欄干状の高い縁石――その先には青い紫陽花の長い列――、そして、浜辺に沿った道に直接通じている、つねに砂をかぶった螺旋状の階段だけだった。

浜辺の道は大潮が来るたびに水没した。分点潮のときには、かなり急な勾配を海がさかのぼりはじめる。嵐で風が強まると、門扉まで海が押し寄せ、紫陽花をすっぽり覆ってしまうこともあった。

三階建てで、六つある寝室のうち、いちばん上の階にある小さな四つの寝室は、部屋自体いささか塩辛く、砂でざらざらしているほどだった。上の階には実際のところ誰も住み着いたことはなかった。アンには弟がいたが、パリの病院でとてつもない苦しみをなめながら死んだ。彼女の父は、この弟の死後まもなく出奔した。アンは当時六歳だった。壁紙（二階は鸚鵡、三階は菖蒲）は久しい前から湿気の染みができていた。四隅ははがれかけていた。表面は潮を含んだ空気に食われて、いたるところ毛羽立っていた。

彼女の母は、自分の分のタルトを食べ終わらないうちに、椅子に腰かけたまま突然眠ってしまった。内心の怒りで消耗してしまったのだ。アンは母をそのまま寝させた。

彼女は立ち上がった。

金色の紙で作った冠をゴミ箱にそっと捨てた。

物音を立てないように気をつけながら、彼女は居間に入った。居間には古い額や家族の写真があふれていた。壁面がすべて数百もの絵や写真でおおわれていた。彼女の母親は居間と台所を行き来して時を過ごしていた。ベッドを居間の中央に据えていたのだ。

その結果はとても醜悪だった。

「しかたないでしょ、この足じゃ二階まで上がれないんだから」

＊

アンは砂浜を歩いてこようと思った。玄関で、母親がスカーフやら帽子やらといっしょに掛けているショールのひとつを肩に巻いた。目眩を感じた。思わず手すりにつかまった。そのとき玄関のドアが急に開いた。ヴェロニクが入ってきた。

「エリアンヌ？」

「ええ」

「どうしたの？　具合でも悪いの？」

「そんなことないわ、元気よ。出かけるところだったの」

「今夜はみんなそろってうちで食事をすることを伝えに来たんだけど」

「みんなって誰？」

「娘たちよ」

「毎度同じご招待なのね」

「あなたには毎度何か演奏してほしいってわけ」

「ヴェリ、あなたが望むならそうするわ、でも、今は私といっしょに来て。とにかく家を出たいの」

「まずはあなたのお母さんに挨拶しないと」とヴェロニク。

「無駄よ」

「どうしてそんなこと言うの？」

「主役のお姫様になれなかったのよ。まだ寝てるわ」

「それはちょっとまずかったわね……」

アンは彼女を風のなかに連れ出した。

＊

彼女は背筋を伸ばし、手はあくまでも滑らかに、そしてきわめて力強く演奏していた。アンの演奏を聴くたびに――子供のころからずっと――ヴェリの肉体の内部、肌の下に震えが走るのだった。

音楽のせいではなかった。突如抑えきれなくなる暴力のせいだった。

心臓、肺——肋骨の下、そしてヴェロニクに胸があったころには胸の下——が震えるのだ。

場所はブルターニュ、ヴェリが経営する薬局の上にある小さなアパルトマンだった。

アンが前にしているピアノは、ガヴォー社製のほぼ赤に近いマホガニーのアップライトだった。螺旋状の奇抜な形の騒々しい銅の燭台が譜面台の端に直接備えつけられていて、いかにも威嚇的な音をたてていた。

*

朝食は、列車の出発時刻が早かったのでシャワーを浴びる前に、みずから用意した。

食卓はキッチンに用意した。

そこに母親が突然居間のドアを開けて入ってきた。白と青の短い髪が頭のてっぺんで寝乱れていた。

アンはバッグを取りに寝室に上がり、二階から降りてきて旅行鞄を玄関に置くと、またキッチンに戻ってきた。

彼女はコーヒーをいれた。母親はすでに泣いていた。食卓と窓のあいだの席に腰かけ、背を強ばらせ、腕はぴくぴくと震えていた。

「ママ、コーヒーはどう？」

「いりません」

母親は鼻をすすりながら娘がコーヒーを飲むのを見た。眉をひそめ、懸命に泣こうとしていた。

「ママ、そろそろタクシーを呼ばないと」

「私に挨拶なさい！」

アンは立ち上がると、母親にキスの挨拶をした。

老人にあっては、忌まわしいほど過剰で、老臭を放つ、骨ばった、極端な優しさというものがある。彼女たちは思い切り抱きしめる。その抱擁がすでに痛いのだ——なおかつ、彼女たちの骨、その軽さ、その細さ、逆立った毛、ヘアピン、髪留め、ブレスレットがちくちく痛い。

「あんたが行ってしまうから、わざわざリストを書くはめになったよ！」

アンはコーヒーカップを受け皿に戻すと、母親をじっと見つめた。関節症で変形し腫れ上がり、たえず海の近くにいるせいで蝕まれた指、家政婦に渡す買い物リストを書くためにビックのボールペンを握ろうとして苦労しているその指をしげしげと見つめた。イデルシュタイン夫人は唇を噛んでいた。リストをちゃんとまっすぐに書こうとして、それぞれの単語——人参とかチコリとか——に食らいつき、全身を強ばらせていた。

第六章

月曜日、パリ、ぐったりして帰ってきた彼女の目に窓という窓に反射する光が映った。ダイニングルームに食事の用意がしてあった。トマは夕食をともにしようと彼女を待っていたのだった。

「どう、うまく事は運んだかい？　お母さんは元気だった？　公現祭のそら豆は誰に当たった？」

「ええ、万事うまく、とてもうまくいったわ」

「どうだい、これ……」

彼は用意した食事とワイングラスと火をつけた蠟燭を示した。

「とてもきれいよ、でも、私、疲れているの」

「僕が作ったんだぜ……」

「食欲がないの。ごめんなさい。ほんとに疲れてるのよ」

彼女は寝室に上がった。

翌朝、彼はなおも彼女を待っていた。髪を梳かし、ちゃんとスーツにネクタイをしめ、髭を剃り、階段の下で待っていた。

「アン、話があるんだ。どうしても必要な話だ」

「話せば」

「イギリスにいっしょに行くというのはどうだろう？　スコットランドはどうだい？　僕は二週間後にロンドンに行くことになっている。三十一日の土曜日だ。ユーロスターで行くつもりだ。ロンドンで一週間仕事をしなければならないんだ。帰るのはその次の日曜だ」

「二月の八日に戻ってくるのね」

「そう、八日だ。できればそうしたい。あっちで君と金曜日に落ち合えないだろうか？」

「六日に？」

「そう。六日。で、あっちでいっしょに週末を過ごして帰ってくるんだ」

「私は都合が悪いわ」

「どうして？」

「その気がないから」

「答えになってない」

「行きたくないし、行けないのよ」

「そりゃないだろ！」

「ロランのところで仕事があるのよ」

「でも、週末の休みを取るだけだよ？」

「だめよ」

「いつもだめなんだね」

「そのとおりよ」

「僕のせいでだめだってことかい？」

「べつに。だめなものはだめと言ってるだけ。だめだと言うのに言い訳をする必要はないわ」

彼女は彼の脇をすり抜けた。

「もう仕事に行かなくちゃ！」

彼女はレインコートをはおった。ドアをばたんと閉めた。庭を通り抜けた。いつも彼より一時間早く家を出ていた――そしてずっと遅くに帰宅した。今では仕事に出かける振りをせざるをえなくなっていた。彼女はさまよい、彼が出かけるのを待ち、あちこちで買い物しては戻ってきて、窓の明かりや、あるいは並木道に彼が出てくるのをうかがったり、物思いにふけったり、彼女もまた母親にならってさまざまなリストを書き出してみたり、ときには涙することもあった。彼女はまたラッキーストライクを、それもかなり過剰に吸うようになっていた。幸福感を抑制するために。

＊

突如として彼女はライティング・デスクの引き出しをおぞましいものとして避けるようになった。

そこにすべての写真をしまっていたからだった。

階下から強烈な鉄の音が聞こえてきた。

彼女は窓辺に駆け寄った。

不動産屋が鉄門を開け、すでに庭に入りこみ、じれったそうにしていた。アンは大きな引き出しを両手で押し戻した。

＊

骨董屋が来るまで、とりあえずキッチンでコーヒーを飲むことになった。

「たぶん私——最後には——考えを変えるんじゃないかしら」

「売りたくなくなったのですか？」

「もちろん売ります。家具のことを考えてたんです」

「ほら、骨董屋の主人が来ましたよ！」

彼はキッチンの窓を通して、門扉の上に出ているバイクのヘルメットを指し示した。

アンは玄関のドアを開けに出た。

彼女が先に立って家の中に入ってきた。そして、自分が売ろうとしているものを片っ端から説明しようとした。だが、骨董屋のほうはそのようなやり方を望まなかった。

「最初からやりましょう」彼はヘルメットを脱いで、そのなかに革の手袋を入れると、はっきりと言った。

メジャーを取り出すと、すべての寸法を測りはじめた。

二時間後、彼は一枚のリストを差し出した。

「これはすべての家具のリストですか？」

「いえ。私の関心を惹いたもののリストです。カメラを取りに行かなければなりません。買い取る気があるのは五つだけです」

「じゃ、だめです、本当にだめです、こんなふうなのを望んでいるわけではありませんから」

「なら、どういうふうにすればいいのですか？」

「ピアノを除く一切合財を引き取った場合の見積もりを出してください」

「それだけの持ち合わせはありませんよ。私が約束できるのはリストに示した五つの家具だけです。提案はしましょう。今ここでしてもいいですよ」

「いいえ。不動産屋さんを通してもらったほうがいいです」

「あなたのお持ちの家具のうち、もっとも値打ちがあるのはまず間違いなくシュタイングレーバーのグランドピアノでしょうが、私には手が出せません」

「ピアノのことはご心配なく。私の問題ですから。興味を示すコレクターを何人か知ってます。自分でなんとかします」

彼はまたヘルメットをかぶった。アンが玄関先まで送りに出た。彼はバイクに乗った。アンは考えていた。不動産屋のほうに目をやると、男はひどく眠そうにしていた。うっとうしい天気だった。二人は歩道に立ち尽くしていた。

「今のところ、家は売りに出します。確信が持てるのはそれだけです。そのほかの売却についてはこれから考えます。連絡はちゃんとします。また電話します」

彼女は不動産屋を車まで送っていった。

*

家に戻ったときには、午《ひる》になっていた。太陽がまた空に顔を出していた。

日差しが歩道に、庭に、石段に、家のファサードにあふれ出した。家は冬の陽に包まれて、とても美しかった。

「私は正しい」と彼女は思った。「この太陽は正しい。私の家をなでるこの日差しは、あらゆる兆しのうちでもっとも古く、もっとも確実なものだわ。売るべきなのよ」

彼女は自分の小切手帳とバッグとレインコートを手にすると、すぐに銀行へ行った。

彼女は現金で一万ユーロ下ろしたいと申し出た。

「大金ですね」

「全部引き出したほうがいいのかしら？」

「そのようなつもりで申し上げたのではございません、奥様《マダム》」

「独身《マドモワゼル》です」

「ではマドモワゼル、二日かかるのです。これだけの額の引き出しになると、申請が必要になるものですから。八千ユーロ以上の場合、手続き上どうしても……」

「今日は七千ユーロだけ下ろします」

彼女は窓口に行き、七千ユーロ引き出した。銀行を出るとプールに向かった。車のトランクにはつねにスポーツバッグが積んであった。

＊

翌日、アンはほとんど唖然とした。不動産屋の若い女性アシスタントから携帯に電話があって、購入の申し込みがあったというのである。買い手として名乗りを上げた客は門の格子戸の隙間から覗いただけで、すでにおもしろがっているという。彼らの住まいはブリュッセルだった。できれば今すぐにでも家の中を見学したい、と彼らは――妻も子供たちも含めて全員――申し出たのだった。すべてが非常にすばやく展開する可能性があった――買い手がパリに赴任してくることがすでに決まっているので、半年以内、できれば夏までに、という。家をすべて塗りかえ、学校の夏休みの期間内に引越しをすませられることが望みだった。当初の設定価格に問題はなさそうだ。とりわけ敷地、庭、部屋数が気に入っている。いつなら立ち会えるだろうか？　今日は？

「だめです」

「明朝は？」

「だめです」

「週末にかかるとまずいのです。今なら、パリにいますから」

「お望みなら明日でも、ただし十一時前はだめです。寝る時間が遅いものだから」

そして、できれば自分は立ち会いたくないとも言い添えた。このことはトマにはいっさい告げなかった。

第七章

彼女はまたもや父の写真を手に取っていた。小柄でほっそりした、鼻先の尖った男だった。古風なポマードで髪をバックになでつけようとしているが、おとなしくは収まらず、やや逆立っている。彼女はキッチンに降りていった。「すべてを捨てなくては」と彼女は自分に言い聞かせていた。「どんなにつらくても、すべてを捨てなくてはだめ。すべてと決別しなければならないんだわ」コンロのひとつに火をつけると、父親の写真を一枚ずつ焼いていった。炎が肌をなめそうになると、持っていた写真からぱっと手を離す。燃えかすはステンレスの流しに落ちるにまかせた。ライティング・デスクの引き出しに入っていたものをほとんどすべて焼いた。小さなスポンジを使って、灰を集めて拾い、ゴミ箱に捨てた。「そうよ、そうよ」とつぶやいていた。「なにもかも捨てるのよ、捨てられないものをすべて焼くのよ」そして、台所の戸棚にしまってあったビニールのゴミ袋の束を取り出した。「毎日一袋ずつ詰めよう」それから、半透明のテープを少し切り取り、そこに不動産屋に告げた名前を記すと、庭に出て、並木通りに面した門を開け、郵便受けにそのテープを貼り付けた。次に最上階に上がって、百リットルのゴミ袋に衣類を詰めた。するとますます不安が募ってきた。そこで彼女は奉仕団体《エマオ》に電話し、カトリック救援隊に電話した。寄付することの難しさよ！　彼らは受け取りはする。でも、引き取りには来ないのだ。すると呼び鈴が鳴った。

彼女は寝室のドアを閉め、上着をはおった。

そして、やってきた不動産屋に鍵束を渡した。

「終わったら、郵便受けに入れておいてちょうだい」

彼女は車に乗り、プールに向かった。

彼女の肉体は、消耗が進むにつれて、プールの水に潜るたびに——そしてプール内の不思議な音にまた包まれるたびに——力のようなものを取り戻していくのだった。

どんなに激しくクロールをしても、どんなに力を使い、どんなに疲れても、忍び寄る不安を腹の底から払拭することはできないのだった。

プールを出ると、晩鐘が鳴っているのが聞こえた。教会の門が開いていた。

髪がまだ濡れているので、彼女は躊躇した。

教会の暗がりに入るときには、いつも少し構えてしまう。

だが、彼女は入った。

内陣に隣接する小さな礼拝所の隅に腰かけられる場所を見つけた。

彼女は賛歌と詩篇に耳を傾けた。

ゆっくりと長い呼吸を繰り返していたが、大きな音はたてなかった。不安はやまず、引いていくこともなかった。

彼女はふたたび車に乗り、自宅の真ん前で停まると、郵便受けに貼り付けた名前をはがし、三階に上がって、また新たなバッグに荷物を詰めた。

その日の晩から、彼女は泣くのをやめた。

＊

無重力状態のようなものが突然やってきた。

自分自身から肉体が軽く乖離する不思議な状態。内部世界にあるものがすべて干からびていく状態。明晰さ、ないしは空白が頭蓋の空間で移動しはじめる状態。

痛苦は残っているものの、前よりは痛みが少なくなる状態。

少なくとも痛苦は苦痛を与えているが、肉体自身からはやや遠のく状態。

＊

彼女は第六区の暗い通りを歩いていた。歩道はひどく狭かった。彼女は入念に化粧してきた。すらりと背筋が伸びて美しく、髪はシニョンにまとめていた。グレーのイブニングドレスを着ていた。彼女はトマと展覧会のオープニングパーティで落ち合った。二人は九時ごろ会場を出た。

二人は真っ暗闇の夜にまた顔を合わせた。

またもや狭い小道に入った。

「こんなところにレストランがあるのかい？」

「そんなこと知らないわよ！　小さな市場の立つ広場近くに駐車したのよ。プールの前」

「僕はすごく腹がへってるんだ。君は？」

「あんまり」

「帰る前にこのあたりで食事していくべきだよ」

彼は彼女の腕を取った。

「以前と同じようにしたいんだよ」と彼は言った。

彼女は答えなかった。彼は歩調を落としていた。彼女の肩を抱き寄せていた。

「愛してるんだ」と彼は言った。

「ほら、あそこ見て！」

「僕のほうを見てくれ」

彼女は彼を見た。

「苦しいんだ」と彼は言った。

彼がいかにも惨めな顔をしているので、彼女はため息をついた。

「そんなにおなかがすいているのなら、何か食べていきましょう」

＊

昼近くなって不動産屋がまた電話をかけてきた。承諾だった。ブリュッセルの家族はすでに手付金を払っていた。アンは不動産屋にあとの段取りをすべて託した。書類を用意し、公証人に連絡するだけだった。

「本契約の前に新しい所有者と会っておく必要はないですか？」

「それはいつ？」

「まあ、三ヵ月後でしょうか」

「売買予約は？」

「売買予約のときには立ち会う必要はありません」

「それはいつ？」

「すぐにでも。二月の頭。少なくともこちらの心積もりでは」

「できたら二月の七日がいいわね」

不動産屋は助手に尋ねた。

「週末近辺でなければ来られないと言っていたと思うが」

助手は電話した。

向こうも二月七日で承諾した。

事態の展開の速さ、あるいは売買の予約契約書に署名する日が目の前に迫っていることに、彼女は動揺した。不安は急激かつ容赦なかった。あと数ヵ月は言い逃れをしなければならないと覚悟していたからだ。

彼女は思った。「七日はきっと幸運をもたらすわ。二月はもう春だもの」

＊

「パリを離れるんですけど」

「どこに越すのですか？」

「まだわからないの」

郵便局の女性係員は私書箱を開設する手続きを彼女に教えた。

彼女はジョルジュ・ルーランジェ名義の委任状を書いた。
そしてトラベラーズ・チェックを作った。

＊

彼女は郵便局の隣のカフェから骨董屋に電話をかけた。残りの家具については修理屋を見つけてもらい、すべて二月の最初の週には間に合うよう手配するという骨董屋の提案に応じることにした。それから不動産屋に電話した。

「最終的に家具については、私自身が手配することになりました」

すぐに修理屋から電話が来た。彼は知り合いの引越し業者を彼女に薦めた。二月二日月曜日か三日火曜日ということで合意した。

＊

昼食の時間は取らなかった。

修理工場はパリ外環道路の向こう、バニョレにあった。

自分の車を売りたいと言った。しかもすぐに。

「どうして？」

「USAで仕事を見つけたから」

「ついてますな」

「ついてるかどうかはわからないけど」

さっそく必要書類の準備に取り掛かりましょうと彼らは言った。それまで車は自由に使えるようにしてもいい。それがむりなら、二月七日土曜の朝まで別の車を貸すという方法もある。用意ができたら向こうから電話をするという。

＊

彼女の口座があるパリの銀行の支店に最後の足を向けた。また現金で七千ユーロ下ろした。この次の税金、予定されている支払い、自動振り替えの分は口座に残し、それ以外は銀行小切手に換えてもらった。

＊

四時だった。ジョルジュの携帯に電話をかけた。この週末、受け入れてくれる暇はあるだろうか？　彼は大喜びだった。少なくとも、彼自身そう言った。

彼女はテイイ＝シュル＝ヨンヌ行きの切符を買ったのだが、リヨン駅に着いたのが早すぎたので、それより前のディジョン行きの列車に乗った。サンスの駅で降りると、タクシーを拾った。

彼の家の前に着くと、玄関のドアを開けてくれるようにと携帯に電話をして驚かせた（ジョルジュは玄関の呼び鈴に応じる習慣がなかった）。

二人は商店街の並木道に面したとびきり素敵なレストランに入った。ジョルジュはうれしくてたまらないよと繰り返した。彼女はトマの話をした。彼は言った。

「君は古代のヒロインだね」

彼女がまた口を開いた。

「ジョルジュ、四つ質問があるんだけど」

そう言って、彼女は躊躇した。

「いきなりあなたの間近にいるんだもの、へんな感じ！」

「まだちっちゃくて、石板とチョークを持って教室で並んで座っていたときみたいにね！」

「こんなふうに親しげな話し方をしているとへんな気持ちになるのよ」

「やめなよ！　僕らはずっと親しかったんだから！」

「奇妙な再会ね！」

「僕は喪中だった」

「ジョルジュ、私も一種の恐ろしいというか、すばらしいというか、別離に入ろうとしているの」

「別離なんて忘れなよ！　再会のところにとどまろう！　さあ、話して！　さっきは何を言おうとしていたの？　僕はそら豆入りの鳩にしよう。で、ブルターニュではそら豆に当たったのは誰だったの？」

「私はお母さんに当たってほしかったの。そうなるようにちゃんと仕掛けたのよ。どうしてあんなことになってしまったのか、自分でもわからないの。二回もしくじっちゃったのよ」

「つまり二回とも君が女王になったってことかい？」

「そう」

「で、二回ともそら豆の入っている場所を確認し、それがお母さんに回るようにしたつもりだって言いたいわけ？」

「そう」

アンが目を上げると、信じられないという顔をしているジョルジュが目に入った。

二人は黙ってアントレを賞味した。彼女がようやく口を開いた。

「ジョルジュ！　あなたに四つの質問があるの。この四つの質問に対して遠慮なく、はいかいいえで答えてほしいの」

「どうして僕が遠慮する必要があるの？」

「まず第一に、あなたの口座に私がお金を振り込むことを承諾してくれるかしら？」

「そいつはだめだ、できたらそういうことはやめてほしい。けっして承諾することはないだろう。僕は金持ちではないけれど、けっこううまくやっているからね」

「これはあなたを援助するためでも侮辱するためのものでもないの。私には隠し口座が必要なの」

「だけど、僕にも誇りがある」

「どうも悪く取られているようね」

「いいかい、アンヌ＝エリアンヌ、むかしの同級生が再会したんだよ。二人は意気投合してレストランに来てるんだ。それなのにいきなり銀行口座の金のことで雰囲気をぶち壊しにすることはないだろう」

「この話はなしにしましょう。忘れて。二番目の質問は、あなたの庭の右手に打ち捨てられている小さな家を買いたいということなんだけど」

「蔦のからまる家のほう？」

「そう」

「あれがいいの？」

「そう」

「どうして？」

「理由を教えましょうか。一種のグンペンドルフだから」

「なんだい、そのグンペンドルフって？」

「晩年のハイドンが、お気に入りの小さな小屋をグンペンドルフの家と呼んでいたのよ。自分の魂は丸ごとその家の中にあると言ってるわ。いったんそこに入ると、曲を書ける自信が出てきたのね。実際、ウィーンのすぐ近くにあったその家で、数々の傑作が書かれているの」

「いいから、アン、あれはあげる！　あげるよ！　あれは君のものだ。あの家を君のものにして、そこで作曲するのに、僕が君に売る必要もなければ、君が僕から買う必要もない！」

「私の言うことをよく聞いて。まずはジョルジュ、秘密を守ると約束して」

彼は大真面目に、守ると誓った。

その誓いを守る証を立てるために乾杯してと彼女は要請した。

「私の目をちゃんと見て！」

給仕がスズキ（クロラッパタケ添え）と腹に詰め物（そら豆）をした鳩を持ってきた。

「パリの家は売ることにしたわ」

「なんてこった！　だってあれはすべて……」

「ご意見は無用よ！」

「意見しようというのじゃないよ、だけどさ、大きな月桂樹のそびえているショワジー＝

ル＝ロワの小道で、君が見たと思ってる場面のせいで、とんだ愚行に走ろうとしているわけではないという確信はあるんだろうね？」

「意見は勘弁して。意見も判断もやめにして。私があなたに求めているのは友情と守秘だけよ」

「そんなにいきり立つなよ」

「とにかく、もう決まったことなの。もうじき売れるわ。二月七日の土曜には、ブリュッセルに住む夫婦と売買予約契約を交わすことになっているの」

　彼はあっけにとられて話を聞いていたが、突然不安になった。

「トマは知ってるのかい？」

「いいえ。私は一時的に姿を消したいの。なのに彼に知らせるなんてありえない。私の親しい人の誰ひとりとして、あなたの存在に気づく人はいない。ママだって知らないんだもの」

「僕がまた現れたことも？」

「そうよ」

「だから私にはたくさんの現金が必要で、住所はいらないの」

「待って！　ということは僕とも別れるわけ？」

「そうよ」

「アン、正直がっかりだよ」

「戻ってくるわよ」

「君のまっさらなグンペンドルフはどうするの？」

「それは後の話。いずれ戻ってくるから」

「つまり、全部消し去ってしまうわけだね。金は隠す。ひょっとして名前も変えるの？」

「もちろん」

「僕がさっき言ったことは正しかったんだな。君は狂っているなんてものじゃない。おとぎ話の登場人物になるんだからな」

「これで私ができればあなたの銀行口座を使わせてほしいと思っている理由がわかったでしょ、ジョルジュ」

「わかった」

「その口座でクレジット・カードも作りたいのよ、ジョルジュ。できるかしら？」

彼は口を閉ざした。口に飲み物を含んだ。そして彼女を見つめ、言った。

「口座をいっしょにしたらいいんじゃないの？」

「それはだめ、私の名前が出てしまう」

「君のほしいのは委任状だけなのかい？」

「そうよ」

　翌日二人は、ジョルジュ・ルールが使っている銀行の支店があるオーセール〔ヨンヌ県の県庁所在地〕まで行った。土曜日は十六時まで営業していた。必要書類に記入して署名すると、ジョルジュは買い物に出かけ、彼女は最寄の旅行代理店に入った。彼女はむかしからニューヨークの小さなアパートで暮らしてみたいと思っていた。しかし、カウンターにいた青年は、ヨーロッパ人は自由にアメリカ合衆国に入国できなくなっているという事実を彼女に教えた。乗客の個人情報が言語道断にも、全ヨーロッパの航空各社を通じてワシントンに筒抜けになっているという。

アンはオーセールの広場でまたジョルジュと落ち合い、昼食を取った。

彼はとても不機嫌な顔をしていた（彼女と食事をしているにもかかわらず）。

「僕の人生にやってきたと思ったら、すぐに行ってしまうんだからな！」

彼女は肩をすくめた。そして旅行代理店の青年に言われたことを彼に説明した。

ささいな秘密を守るにも、「おまえはただの木偶」と言ってすまされるわけではなかった。

ジョルジュと彼女は、移動のすべてが監視されている国のリストを作っておもしろがった。

アメリカの航空会社およびアメリカの航空会社と関係の深い航空会社は、旅行代理店の従業員がいうところの「搭乗者名簿《パッセンジャー・ネイム・レコード》」があることを理由に避けなければならなかった。

さらにジョルジュは、携帯電話の呼び出し位置の特定を業務にしている会社があるという記事を雑誌で読んだことがあった。

「だから携帯電話もだめ」と彼は言った。

「Eメール・アドレスもだめ。自分のコンピュータも使えない」

「ユーロ圏以外を飛ぶ飛行機もだめ」

「クレジット・カードもだめ」

ジョルジュは言った。

「ということは、地中海周辺かアジアを選ぶしかないということだよ」

二人は銀行に戻り、カードの申請を取り消した。小切手があれば間に合うだろう。小切手には当人が登録したい出所しか記されないから。その代わり、彼女はまたトラベラーズ・チェックを買い足した。

＊

オーセールから帰ると、彼女はヴィルヌーヴ＝シュル＝ヨンヌの左官屋兼ペンキ屋に電話した。

主人いわく、

「もしよければ、明日にでも行けるよ」

「でも、日曜日ですよ……」

「今のところ仕事がないもんでね。一月は暇なんだよ。年が明けると、どこの家も金がなくなるから」

「みんな春を待つのよ」

「ペンキ屋も」と電話の相手。
「花々も」と彼女。

第八章

一月二十日、秒読みの勢いが弱まり、足踏みするようになった。ここ最近、人目を忍んだ段取りの数々に時間を費やし、身を隠し、空っぽになろうと画策しすぎたあまり、鬱の波に徐々に呑みこまれはじめたのだ。自分の愛したものと別れることは難しい。己から、あるいは己のイメージから別れるとなると、なおさらおぼつかない。数日間、テイイで、ジョルジュは希望を取り戻した。何もかもやめてしまうきっかけはいつだってあると彼は説いた。アン・イダンは、自分がパリで送ってきた生活は、嘘かもしれないが、そんなに不快なものではけっしてなかったことに気づいた。自分を取り巻く条件もまた変わったのだ。もうほとんどトマが見えなくなっていた。自分が望みさえすれば、テイイにすべてを修復し塗りかえたグンペンドルフの小屋を持つことだってできる。八区での仕事をあきらめたことは正しかった。どこかよそで見出す暮らしは本当にもっと集中したものになるだろうか？　創作にもっと適したものになるだろうか？　徹底的な孤独は本当に滋味豊かなものとなるだろうか？

で、どこに引きこもろうというのか？

シドニーのウォーレンのところにはもう行けない。

これまでずっと夢見てきたニューヨーク住まいもむりになった。

恐れが兆していた。

不安が増幅し、そこに目眩が加わった。

彼女は映画館に行った。すべてがうつろう――といっても時のなかをうつろうのだが――上海を舞台にした美しい映画だった。

彼女はここに残ろう、フランスに、パリに残ろうと決意した――トマとの共同生活を続けるということではなしに。そうしたからといって、彼と別れられなくなるというわけではないのだから。

こんなふうに決心すると気が鎮まった。

*

彼女は解放された気分になり、歩いて家に帰った。陽の落ちた街路に残った枯葉を、ところどころに張った小さな氷を踏みしめながら、えんえんと歩いた。

帰ると地下室に下りた。

ブルゴーニュの一瓶を選んだ。

自分の決断を祝うために、とにかく高級なものを選び、それを持って居間に上がり、栓を抜いてしばらく空気にさらすと、すばらしい香りが室内に満ちた。

するともっと悲しい感じが彼女の胸に忍びこみ、ようやく取り戻した心の平安に溶けていった。彼女は一口含んでから、グラスを持って移動した。それをピアノの上に置いた。

夜、トマが帰ってきても、彼女はピアノに向かったまま練習していた。彼は穏やかで優しかった。彼が背後から髪に口づけしているあいだも、彼女は楽譜を読み解いては、記譜し、約《つづ》める作業を続けていた。背後で彼の動作の音が聞こえた。おそらくウィスキーをグラスに注ぎ、彼女の後ろの大きな革製の椅子に腰を降ろしたにちがいなかった。

彼女がピアノの上で読みつづけているのは、国立図書館でようやく探し当てた楽譜のコピーで、それを彼女は書き換えようとしているのだった。

作曲をすることはめったになかった。

みずから発掘した楽譜、あるいはその記憶を貧寒とするほど単純化していたのだ。約め、脱飾し、切り詰め、削ぎ、凝縮し、そうやって得られたものにみずから愕然とするほどまでに。

まさに愕然となったところで、彼女はやめた。とても感動していた。

彼女は自分が約めたものを全曲演奏した。そして振り返った。

彼は黒い肘掛け椅子のなかで眠っていた。

彼女はグラスを持ち、彼の前を通ってキッチンに行き、簡単な食事をしながら上等のワインを一瓶あけた。居間のドアの前を通りかかったときも、彼はまだ眠っていた。彼女は二階に上がった。浴室の戸棚から精神安定剤《レクソミル》を取り出した。だが、彼女はわけもなく笑い出した。薬は飲まなかった。繰り返し「お別れよ」とつぶやいた。身をかがめ、金属製の小さなゴミ箱にレクソミルを捨てた。いまや彼女は自分に自信があった。三階の寝室に直行した。全身に喜びがみなぎっていた。自分は旅立つということを知ったのだ。

＊

彼女は目を開け、顔の真上の、天窓に触れている楡の木の、水滴に輝く裸の枝を見つめていた。寝たときと同じ精神状態で目が覚めた。彼女は思った。「私の決断はすばらしかったにちがいない。冬眠鼠《やまね》みたいに眠ったわ。不安はもうない。夢も見なかった」

一月二十三日金曜日、彼女は生涯の伴侶ともいえる三台のピアノを売った。どれもいい値段で売れた。シュタイングレーバーにいたっては、元の値段よりも高く売れた。なぜならば売り手が彼女だったから。たとえ彼女が作る曲が難解であっても、彼女の名は知られていたから。だからといって何の感慨もなかった。取引は現金でおこなわれた。その額は相当なものだった。

三台のピアノの引越しは二月五日まで待たなければならなかった。放棄は遠のいた。

くすぶれば、怒りの感情が上半身に満ち、脳を刺激し、魂の抱いた構想をそのまま維持しようとする。まなざしを維持しようとする。一刻一刻を鍛え上げる。時を励起する。

数日のうちに彼女はひどく痩せた。

黒いジーンズのなかで体が泳いだ。

骨董屋に、修理屋に、引越し屋にまた電話した。

いずれも都合のいい日は二月三日の火曜日だった。

彼女は税務署に出向き、旅立つとは言わず、私書箱のことにも触れず、税金を元の口座で月払いにする手続きをした。

＊

居間に降りると、部屋に残っている葉巻の匂いがあまり強烈だったので、すべての窓を全開にせざるをえなかった。

トマの存在がもはや耐えられなくなっていた。匂い、帰宅、配慮、へつらう気配、物音、洗濯物、電話、すべてが鬱陶しかった。

ブルターニュに電話した。母親には何も言わなかった。一時間にわたって辛抱強く愚痴を聞いてやるにとどめた。

ジョルジュには一言。

「行っていい？」

「来ればいい」

テイイに向かう車中で、彼女はトマに電話した。

「今、ランス行きの列車の中なの。これからママに会いに行くところ。ヴェリから電話があってね。ぜんぜん調子がよくないみたい」

携帯電話を閉じた。そのままずっと座っていた。突然、靴を列車《TER》の床の上に転がした。そして爪先を向かいのシートの端にかけた。

スカートの端を顔まで引き上げると、目を拭いた。

そして、彼女は眠った。

*

彼女はピアノを売って得た金をジョルジュに差し出した。

彼は狼狽した。

「すぐにオーセールの銀行に預けてくるよ」

「ここに置いたままでいいと思うわ。どうせ旅に出るとき必要になるから」

彼女は自分が周到に計画したことを説明した。

それでもジョルジュは灰色の軽トラックを出し、金の一部をオーセールの貸金庫に預けにいった。

蔦のからまる小さな家の修復作業は建設業者の見積もったとおりのリズムで順調に進んでいった。

二人は濡れた芝とバラ園に沿って歩いた。

二人は新しくできた小さな浴室を見に行き、そのできばえに驚嘆し、満足した。

残りはまだプラスターと取り壊した壁の残骸でしかなかった。

職人たちが考えた作業の手順はひどく複雑なものだった。というのは、ジョルジュの邪魔にならないように、川に面した側から手をつけていたのだ。必要な資材は漁師の使う川舟に積んであった。

日が暮れるとジョルジュは言った。

「ピアノをもう一度調律してもらおうかと思ってるんだ。君に見てもらえればありがたいんだけど。今、何か弾いてみてくれないかな」

「何を？」

「むかし、君のお母さんがヴェリのところに泊まるのを許してくれたときみたいにさ」

「だめよ。馬鹿げてるわ」

「それじゃ、君の人生のこの今、君が弾いてみたいと思うものでもいいよ。つまりさ、ほんのちょっとしたものでいいから、この瞬間に心底弾いてみたいと思う曲ってことだけど」

「それなら、あるわよ、もちろん。とり憑いているものならあるわ。あなたって、ヴェリみたい！」

「忘れてもらっちゃこまるよ、ヴェリは僕にとってありがたい親友だったんだ、君にとってそうだった以上にね！」

長くはかからなかった。それはとても幅の狭いエラールのアップライトだった。色は薄く、ほぼ黄色、造りが脆弱で、鍵盤も極端に軽かった。

そのピアノはクラヴィコードみたいな音を出した。

でも、彼女が弾き終えたとき、二人は目と目を合わせなかった。二人ともまぶたの縁まで上がってきて、そこで躊躇している涙を浮かべていたのだ。

＊

日曜日、ジョルジュ・ルールが彼女を見送ろうと、シトロエンの古い軽トラックを駅まで走らせているとき、彼女はこう言った。

「あなた、週末までショワジーにいられるかしら？」

「土曜日までならなんとか。土曜日にはテイイにいなくちゃならないんだ。どうして？」

「たいしたことじゃないの。土曜日までショワジーにいてくれる？」

「わかった。君の頼みとあらば。それに僕もそうしようと思ってたんだ。もう少し詳しいこと教えてくれないかな？」

「だめ。心配しないで」

「心配はしてないよ」

職人たちは岸から上がるのをやめた。彼女はパリから二度やってきた。サンスの近くでベッドと家具を購入して届けさせた。ジョルジュの趣味を当てにはできなかった。すべて自分で手配したかった。親方は、彼女が提案した、このささやかな新しい挑戦に喜んで応じた（冬はいつになく暖かい、このぶんだともうじきすべて乾くだろう、少なくとも問題は水辺、ここに関しては即金で直接払うという申し出）。彼女は庭に面していた部屋をキッチンに改造した（電気プレートが上部についている小さな冷蔵庫、丸くて白い屋外テーブルと二脚の椅子）。

ヨンヌ川に面した部屋は真っ白な居間にした。

二階の寝室は、禁欲的とまでは言わないものの、飾り気はいっさいなし。

白い羽毛布団と白い枕のベッドが置いてある部屋の角の壁二面は下から上まで楽譜や本を収

める棚になっている。
階段の右手には小さなトイレ。

第九章

まだ真っ暗闇だった。ちょうど駅に着いたところだった。プラットフォームにはつむじ風が舞っていた。彼女は屋根の下に身を寄せた。屋根から明かりのついた裸電球がぶら下がっていて、危険なほど大きく揺れはじめていた。革の上着の襟を立てた。屋根の下にもいられなかった。列車が来るまでプラットフォームを縦横に歩いた。ようやく列車に乗り込むと空いている座席を見つけたので、これで暖気に包まれて眠れると思った矢先、頭を剃り上げ、ジョギングウェアを着たマグレブの若者が、持っていたチョコレートクッキーの箱をいきなり彼女の目の前に突き出した。

彼はしつこく勧めた。

彼女は一個だけ取った。

「話がしたいんだ」と彼は言った。

「もし私が聞きたくないとしたら？」と彼女は答えた。

「オレは話がしたいんだ」と彼は声を荒げた。

脅迫じみていた——もしくはひどく苛立っていた。

「私にとっては迷惑だけど、目を閉じていてもいいという条件で話を聞いてあげる」

「わかった」

彼女はヘッドレストに静かに頭を押しつけ、からだを丸めた。

「どうぞ」と彼女は言った。「聞くわ」

「オレがパリに行くのはさ……」

罰に関する暗い話だった。彼女は少しずつ目を開けた。心当たりがあった。

＊

二十九日木曜日の朝、サンスからの列車があまりに早く着いたので、トマが家を出て、彼女が自宅に帰れるようになるまでじりじりと待たなければならなかった。この朝の早い時間の放浪を利用して、彼女はスーパーマーケット《フランプリ》に行き、黒の大きなゴミ袋を大量に買いこんだ。

家に帰ると、バニョレの修理工場から電話があった。彼女の車は向こうが下取りすることにした。その代わり白のルノー・エスパスを貸すという。こんなに大きくて背の高い車を運転し、しかも路上駐車しなければならないことに彼女は少し困惑を覚えた。

彼女はカトリック救援隊に電話し、二日月曜日午後の約束を取り付けた。

上の部屋から手をつけることにした。まずはすべての上着、レインコート、ブルゾン、オーバーコートのポケットを確かめ、個人的なものを何も残さないようにした。部屋を一つ一つ回っては、すべての引き出し、クローゼットを開け、中に入っているものをすべて床に出した。それに二時間かかった。それから昼食にでかけた。昼食をすませて帰ってくると、今朝買った新しいゴミ袋を取り出した。

寄付できるものはすべてその袋に慎重に入れていった。

トマの持ち物にたいしたものはなかった。冬物のコート一着、青いマリンキャップ一つ、毛糸のマフラー一本、スエードのジャケット一着、ワイシャツ、下着、ブルゾン二着、スーツ二着。それらについては衣裳部屋に、箪笥に、いまや彼がひとりで寝ている寝室のクローゼットに残した。

自分のものに関しては、当初は何も持っていかないだろうと想像していた。しかし結局、ライティング・デスクの引き出しにしまってあって焼かれずに残った五枚の写真と亜麻布のパンツ、擦り切れた古い黒のジーンズ、黒のバスケットシューズはバッグの中に入れた。トランクを下に降ろすと、ロワールの黒い小舟が舫《もや》ってある、あの隠れ小屋風の家の小さなスパルタ式ベッドで使うシーツや毛布を詰めた。枕、最近買ったクッション、白い綿のベッドカバーも持っていくことにした。鍋二つ、フライパン二つ、平皿六枚、グラス六つ、フォーク・ナイフ六セット、古いイタリア式のコーヒーポットも。こういうものを詰めたいくつかのバッグは難なくエスパスの座席に収まった。後部扉を開くまでもなかった。パリ外環道路に入り、高速五号線でテイイに向かった。約束どおりジョルジュはまだヨンヌに戻ってきていなかった。最初の下塗りはどこもすでに終わっていた。三人の職人が室内の最終仕上げと外の二回目の塗装作業を分担して進めていた。ジョルジュ・ルールに電話すると、彼もまたショワジーにあるルーランジェ夫人の家を空にしているところだった。自分の軽トラックに処分する古道具を早いとこ積み込んでしまいたがっていた。

*

トマは自分がいったい今何に直面しているのか、よくわからなくなっていた。とにかく不安だった。しょっちゅうアンに電話しては長いメッセージを留守電に残していた。アンはそういう彼を助けようとはせず、返事もせず、いっしょに食事をするのも拒絶していた。ある日、彼は午後の明るいうちに突然帰宅した。彼女はピアノに向かっていた。

彼はその手を取った。

「これじゃ何もかもご破算になってしまう。僕がああいうことをしたのは……」

だがアンは立ち上がった。

「その話はしたくないわ」

「だめだよ。しなくちゃ」

「いや」

「じゃ、ほかの手段を考えよう。君が話すのを手伝ってくれる精神分析医の住所を探してきてもいい。君のお母さんの具合が悪いことはよく知ってる。そういう条件のことも考えてみたよ。ゆっくり時間をかけよう。夫婦でかかる精神分析療法というのもある。僕らは疲れきってしまったんだよ。休暇をとって旅に出たらいいと思うんだ。今すぐにでも。そういうことなら……」

「トマ、どうやらあなたはもう終わってしまったということがわかってないようね」

彼の顔が強ばった。彼女はおかまいなしにはっきりと言い放った。

「もうあなたとは会いたくないの」

彼は相手を見なかった。返事もしなかった。すでに発せられてしまったにもかかわらず、今彼女が言った言葉を聞かなかったことにしようとしていた。彼の手は熱を帯びていた。言うべき言葉を求めてあがいていた。彼は居間をさまよっていた。

「いずれにせよ、来週はロンドン出張だから離れ離れになってしまうわけだ。この話は帰ってきたらまたしよう。発つのは週末だ。よく頭を休めて、冷静にまた話し合おう。こういったことは理性的に扱うべきだよ。あまりに馬鹿げている……」

彼女は話したいだけ話させていた。もう聞いていなかった。売却予定契約は七日の土曜に交されることになっていた。実際の引き渡しまでは少なくとも三ヵ月みなければならないと彼女は見積もっていた。土曜日、彼女はジョルジュといっしょにオーセールの旅行代理店に行き、彼の目の前でマラケシュ行きの便の座席を予約した。ジョルジュが小切手を切り、サインした。彼女はジョルジュにこう言った。マラケシュまでは自分の携帯電話を持っていく——向こうに着いたら、市場《スーク》で「ロックを解除した」カード式携帯電話を買って、番号を伏せることになるだろう。マラケシュから砂漠に入り、アトラス山脈まで行く。サファリ・ツアーでもいいし、考古学の調査隊でもいい、とにかく北アフリカのもっとも遠いオアシスに行ってこの身を隠せるのであれば、団体に拘束されてもかまわない。要は誰にも知られてはならないということだ。それは別の時間になるだろう。もうひとり別の女が生きる時間になるだろう。その時間は別の世界に流れる時間だ。別の人生を開く時間なのだ。

*

ルノー・エスパスに乗るのはもう怖くなくなった。高速道路五号線を走っているだけで気分が解放され、自分が下した決断に馴染み、なおもこの先わずかな時期とはいえ繰り出していかなければならない些細な策略や嘘を考えつくのに役立った。ジョルジュは工事の進捗が速く、迷惑なこともなければ、いちいち監督する必要もないことにいたく満足していた。

ある日の午後、シャニーにあるレストランを出ようとしていたとき、トマが携帯に電話をかけてきた。

「家の電話は故障したのかい?」

「あら、そうなの」

「なんにも音がしない。回線が切れてるよ」

「心配しないで、トマ。あしたの朝、フランス・テレコムに電話しておくから」

彼女は驚いたふりをしていた。自分で電話線を切ってきたのだから。

第十章

彼女は三十日にパリに帰ってきた。キッチンに二人、言葉もなくそそくさと夕食をすませた。一月三十一日、トマは一週間の予定でロンドンに出かけていった。明け方まだ暗いうちにドアが閉まる音が聞こえ、耳を澄まして家中が静まり返るのを確かめた。彼女はそのまましばらく三階の小さなベッドにとどまった。心のなかで来るべき日々とその夜を思い描いてみた。それは彼女に最大の痛苦をもたらし、あらんかぎりの気丈さが要求される一週間になるはずだった。彼女はこの先一週間に投じられるべき全労力をあらかじめ感じておくことから始めたのだ。

それから彼女は起き上がった。二階に下りた。まずは新しいシーツを取り出して、ダブルベッドに敷いてあるシーツと交換した。キッチンに下りると、コーヒーをいれた。そのコーヒーカップを持って、また寝室に上がった。

浴室では、ガラスの棚板の上に置いてある髭剃り用の化粧品、ブラシ、櫛が目に入った。それをつかむとすべてゴミ袋の中に入れた。

「あとは濁さない」と彼女はつぶやいた。

そして、コーヒーカップを枕元のテーブルに置くと、自分本来のベッドに寝そべり、昨日から読みはじめた本を読みふけった。

こうやって自分の寝室に戻り、春になると楡の木の鬱蒼とした枝葉に隠れる窓が見られたことを彼女は喜んだ。

*

清潔な枕を背にして、彼女は葉の落ちた楡の枝の向こうに広がる空を見つめていた。

枝と枝のあいだの、まばゆく白い切れ切れの空をただ眺めていた。

起き上がりたくなかった。持っていきたいものを最後に残したまま、その荷造りを終えてしまう勇気が出てこなかった。ヨンヌに行く予定のない最初の週末だった。彼女は日が暮れるまで寝そべっていた。

暗闇とともに不安がまたぶり返してきた。

逃げ出したいという気持ちもまた、その道連れのようにぶり返してきた。

その不安は日の光が闇に崩れ落ちようとするときに日々彼女が感じる不安と重なっていた。

彼女は綿のパジャマを着て、夜通し立ったまま、衣類を片付け、選り分け、まだ残っている袋や使えるトランクに詰めていった。ベッドに戻ると、疲労でそのまま倒れ、眠りに落ちた。朝の五時だった。準備はすべて整った。

＊

彼女はジョルジュに電話した。

「からだに電気が走ってるわ。怒りの塊みたい」

＊

二日目、彼女は庭で盛大な焚き火をした。家の最上階にまた上り、私的なものすべてを取り出し、額縁のあるものは解体し、いつの日か古物市やサン＝トゥアン門の蚤の市で売りに出されているのを目にしたくないものは捨てることにしたのだ。

請求書、古い小切手帳、領収書、税金の通知書など、ありとあらゆる個人的な書類が消えていくのを見て、彼女は喜びを感じた。時間はかなりかかった。丸一日かかった。カトリック救援隊の係の女性と連れ立ってやってきた初老の男は焚き火の前を二十回も行ったり来たりするはめになった。彼女が用意した衣類の袋やトランクを軽トラックに運びこむためにやってきたのだった。

彼女はふと思った。「私にはもうわが家というものがないんだわ」

わが家（私たちの欠点が許され、私たちの弱さが受け入れられる場所）は今、庭の真ん中で消失しようとしていた。

空白の午後、彼女は突如としてルーヴルに行きたくなった。おびただしい美術品のなかをさまよう快楽に身を任せた。

彼女はラシェル通りに行き、白いヒヤシンスを一輪買い求め、モンマルトル墓地に入り、ビヨーの道から左手の十字架《ラ・クロワ》の並木道を通って、弟の墓の前で立ち止まると、そこにヒヤシンスを供えた。

家の伝統に従えば（彼女の母親もそうしたし、母方の祖父もそうしたし、彼女の父親もまたこの特別な慣例に従っていたはずだし、祖母もまたランスの家でやはりそうしているのを彼女は見たことがあった）、ピアノに別れを告げることになっていた。どの家にも、にわかには理解できない儀礼というものがある。まずは玄関の両脇にトランクを置き、それにオーバーかレインコートをかぶせ、さらに——そのコートの上に——帽子をかぶせてから、ピアノに座り、さよならを告げるために一曲演奏するのだった。口づけはしない。まだ空間に音楽が残っているうちに、ただ黙ってその場を離れる。これからは、そうとは知らず、いたるところで別れを演奏しなければならないのだ、と彼女は思った。

＊

呼び鈴の音に、音楽が突然停止する。

胸が高鳴る。

彼女はピアノの木枠に手をついて腰掛けから立ち上がり、ゆっくりと玄関のほうに向かい、ドアを開けて庭に出ると、門の鉄格子の向こうに目を凝らす。

不動産屋だ。

また別の申し出があって、そのほうが条件がいいのではないかと思ったという（ブリュッセルの夫婦が申し出を取り下げたわけでもないのに）。

若い妊婦がほどなくして現れた。腕には乳幼児を抱えている。

「あらかじめ連絡してくれてもいいでしょう」

「助手が連絡したとばかり思ってました」

「いいえ」

「本当にお邪魔でしたか？」

「ええ、多少は。どこもかしこも雑然としてますよ」

「かまいませんよ」

「どこも汚いですよ」

それでも相手は引き下がらなかった。

女はいつなら売り渡せるのかと訊いてきた。べつに急いでいるわけではないという。彼女は次の子を身ごもっていた。時間ならたっぷりある。夏場は工事にあて、秋は塗装にあてればいい。それぞれの部屋を検分しながら、妊婦は携帯電話で不動産屋の言うことを逐一伝え、自分が目にしていることすべてについてあれこれ評価を下していた。あげくの果てに、その若い母親は自分たちがどういう状況に置かれているかを察知すると、ベッド、寝具、台所用具、テーブル、ガスレンジ、冷蔵庫、食器洗い機、配膳台、アイロン台、洗濯機はそのまま残したいと言い出した。

「残念ですこと！」と、相手の要望を聞いたアン・イダンは答えた。「手遅れですね」

「どうして？」

「引越し屋があした来るんです」

最終的にアン・イダンは、提示価格は低くても、売却時期が早いほうがいいから最初に申し出てきた買い手にとどまりたいと明言した。

若い主婦は怒って出ていった。

＊

翌朝起きると、アンは幸先がいいと思った。隣家の庭のキッツキがやってきたのは、自分がブリュッセルの買い手をひいきしたことを正当化するためだと思ったのだ。アン・イダンはさまざまな予兆につつまれて暮らしていた。その大半は吉兆だった。彼女は、その日喜びが約束されると、それを感じることができた。あるいは、これから自分が行こうとしている場所のどこかですばらしいことが必ず起こると予感できるのだった。すると彼女はすでに満ち足りた気持ちになって、その予感が実現するまで何時間でもあれこれ気を配る。

するとたいてい、そういった喜ばしい出来事が降って湧いてくるのだった。

かりに――たまたま――何も起こらないまま、たそがれが近づいてくると、彼女はそそくさとプールに向かう。そうすれば、とにもかくにも疲労や空腹から別のエクスタシーが生まれ、この奇妙な予知を裏づけてくれるのだった。

第十一章

彼女は引越し業者が立ち去ろうとしているのを見届けた。彼らは後始末と掃除を始めたので、彼女はチップを配った。手押し車、残った段ボール箱、工具類を片付けると、彼らはブルゾンに手を通した。彼女はキッチンの窓の前にいて、流しの端に腰をかけた。グラスがないので、瓶の口からじかにシャブリを少し飲んだ。残っていたピーナッツの缶を開けた。

そして目をつぶり、ぽりぽりとかじった。

家の中には三台のピアノしか残っていなかった。

引越しの作業員たちが庭から大声で、さよなら《オ・ルヴォワール》と叫んだ。

彼らは鉄格子の門を閉めた。

彼女は自分の書斎に入り、さまざまな痕跡におおわれた壁に収まっている二台のアップライトをしげしげと見つめた。

各部屋を回っているうちに、突如背中に冷や汗が流れた。自分はたんに一人の男と別れようとしているのではなく、みずからの情熱と別れようとしているのだ。みずからの情熱を生きるひとつの方法と別れようとしているのだ。

引越し業者が入ってくることで家に生じた雑然、空っぽ、そして汚れが彼女の肉体の奥で混沌に変わった。

彼女の全人生が一挙に逆流してきた――煤け、古びた壁に囲まれ、黒い漆におおわれた巨大な楽器を前にして。

十七年の、そして四十七年の歳月が彼女のもとに押し寄せ、呑みこもうとしていた。

彼女は居間にあるシュタイングレーバーの前に座った。演奏はしなかった。ほぼすぐに立ち上がると、彼女が書斎と呼んでいる部屋に行って練習用の小さなピアノの前に座った。それはいい音が出るわけでも、味わいがあるわけでもないただの小さなアップライトだった。テイイにあるジョルジュのピアノほどの価値もなかった。彼女は弾いた。かつてロランのところで出した歌曲集のなかに入っていたサンスクリットの古いメロディをもとに即興した。いつもこれだけが頼りだった。

そして彼女は思った。こういったことはみなどうでもいいことなのだろう。ピアノならどこにでもあるのだから。

*

残っていたバナナ・ヨーグルトを彼女は食べた。冷蔵庫が置いてあった場所にはグレープフルーツも一個残されていた。さらにもう少しシャブリを飲むと、ショワジーにいるジョルジュに電話し、白いエスパスで彼の家に向かった。そして、ジョルジュの母親のベッドで眠った。エヴリーヌ・ルーランジュの家は、ジョルジュが言っているほど家具が片付いているわけではなかった。彼は翌日パリに行く用事があった。二人は夕食をすますとすぐに寝た。午前八時、パリへと出かけることになった。彼女は空っぽの家とその埃を見ていかないかと誘った。

「いやだ」

彼はロータリーと直線路の角にある信号でタクシーを待つことを望んだ。けっして妥協しなかった。頭を振って拒絶した。その古い家に入るなんてまっぴらだと言う。その家は彼女の「別の人生」に属するものだ。トマとのあいだで成り立っていたその生活の証人になるくらいなら、千回でも彼女自身の秘密に共謀したほうがましだ。

「そんなものには興味がない」と言うのだった。

彼は子供のときみたいに手を振るしぐさで別れを告げた。

アンはエスパスを門の前に停めた。

またひとりになると彼女は洗車し、郵便局へ行った。郵便小包の箱を二つ買った。帰りがけに、郵便局前の通りと自宅前の通りの角にある錠前屋に寄った。主人はいなかった。主人はいつ店に出てくるのかと、彼女は内儀にきいた。

「もうじき来ます」と内儀は答えた。

家に帰るとトマの書類を調べながら（税、銀行、兵役手帳、選挙人カード）、彼の所持品の少なさに驚いた。大きめの郵便小包一つあれば十分だった。

十時になると、錠前屋の内儀が約束したように、主人が玄関の呼び鈴を鳴らした。彼は門の錠と玄関ドアの錠を取り替えた。

「奥さん、これ、ついていた錠と鍵です。まったく傷んでませんよ」

「それなら持ち帰ってください」

錠前屋は道具箱に錠前を入れた。

「出て行かれるのですか？」

「ええ、出て行きます」

「家は売れたのですか？」

「ええ」

「ならばどうして錠を取り替えたのですか？」

「昨日、鍵束を盗まれたのです」

「どちらに行くのです？」

「ブルターニュの母のところに帰るのです」

「それはけっこうなことで」

彼女は錠前屋の思いやりに感謝した。

彼女はほとんど空っぽの家のなかで待った。

十四時にガスと電気のメーターが止められた。係員は払い過ぎた料金は口座に還付されると説明した。

「いずれにせよ、銀行口座からの自動支払いですから。コーヒーも出せなくてごめんなさいね。コーヒーポットがもうないものですから」

「いずれにせよ、電気も来てませんから」

そこで二人は笑った。

「ご幸運を祈ります、奥さん」と彼は言いつつ、どういうわけだか手を差し出した。わけもなく差し出されたその手に彼女は無上の善意を感じた。彼女はトマの残した衣類を二番目の小包箱に詰めることにした。だが、量が多すぎた。彼女はあきらめた。しわくちゃになった空のダンボール箱とブルゾンとスーツとワイシャツを、街路に備え付けてある市のゴミ箱のひとつに捨てた。

彼女は、すでに詰め終えている唯一の郵便小包にトマのオフィスの所在地を書いた。小包の中に手紙の類はいっさい入れなかった。

*

それから三台のピアノが出て行った。運送業者に声をかけることもできなかった。息をするのがつらかった。運送業者が巨大なトラックに乗りこんだのを見届けると、彼女は玄関前のステップの陽だまりに残り、葉を落とした楡と何もない庭を、痩せこけたバラを眺めた。

最後に床をひと拭きすると、修理工場から借りているエスパスに乗った。ショワジーに戻った彼女は浴室で汗を流し、最後の気力を振り絞った。

*

二人はマルヌ川沿いのやや遠いところまで夕食に出かけた。店には早く着きすぎた。レストランの主人に八時半くらいにまた来るようにと言われた。

「それとも何かお飲みになって待ちますか?」

ジョルジュはアンのほうを見た。

「アペリティフでもいただこうか?」

「飲みたくはないわ。じつに妙な天気ね」と彼女は言った。

「息苦しいね」

「息苦しいし、蒸すわ。呼吸がうまくできないみたい」

「汚染ですよ」と店の主人は言った。

「外にいたほうがいいんじゃないかしら」とアンは言った。

「それじゃとりあえずマルヌ川沿いを散歩してくるよ」とジョルジュは店の主人に言った。

二人は店を出た。

彼らの足もとを流れる忌まわしい川面を見つめていた。

マルヌの河畔には——パリと同じく——ひどい悪臭が漂っていた。人間の、産業の、石油の、煙草の、香水の、汗の、鼻を刺す石鹸の、恐るべき臭いが大気を汚染していた。

「この冬の妙な暑さが不安にさせるのよ、ジョルジュ」とアンがいきなり言った。

彼は腕時計を見た。

「おいでよ」

二人は急いで歩いた。彼女は彼の腕を取っていた。素っ気ない壁に囲まれた大きな広場に出た。彼は小さな教会の扉を押した。

外陣には苔まじりのお香の匂いと、黴と森と茸の匂いが漂っていた。

二人は喜んで編み藁椅子に腰かけたが、ほどなくして司祭（スポーツウェアを着た男）がやってきて、その姿を見かけると、教会を閉めなければならないので出て行ってくれないかと言った。

「教会のくせして、ずいぶん偉そうじゃないか」とジョルジュはつぶやいた。

「小さい教会ですが、教会は教会です」

「神父さん、このご時世で教会はどれくらい開けていられるんでしょうか？」

「お勤めがあるかぎり」

「そのあと、神さまはいなくなる？」

「そのあとはですね、神さまはおひとりでおられるのです」とスポーツ好きの司祭は答えた。

彼は目を閉じた。彼はしばらくまぶたを伏せたままでいた。それから尊大な口調でジョルジュに向かって言った。

「神はつねに在《おわ》しますが、おひとりなのです」

＊

二人は司祭と別れ、教会と、黴の匂いと、孤独と、神と、広場と、マルヌ川から別れた。夕食をとった。

ジョルジュはふと不安のようなものにかられた。

「もし、トマがロンドンに行ってなかったら？　で、彼と彼女が今晩このレストランに食事にきたとしたら、どうする？」

アンは笑った。

「そうなったらおもしろいでしょうけど、私が入念に準備したことをいささかでも妨げるものではないわ」

それでもジョルジュは不安だった。ドアが開くたびに、顔をそちらに向けるのだった。

「心配しないで」と彼女は言った。「彼はロンドンにいるわよ」

「いないかもしれないよ」

*

「ジョルジュ、ありがとう」と彼女は言った。

夕食はすでに終えていた。二人はまたマルヌ川のほとりを歩いていた。酒が入っていた。手をつないでいた。柳の木が二本立っていた。茶色のカヌーが一列になってやってきたかと思うと、今度はひとつながりになった色とりどりの一人乗りカヤックがやってきた。彼はいきなり彼女を抱きしめた。力任せにキスをした。彼女は押し返した。

彼女は言った。

「こんな馬鹿なまねは二度としないと約束して」

彼はうなずいた。

「どうかしてた」と言った。

ジョルジュは自分のしたことに動揺していた。

「いずれ君は戻ってくるんだよね？」

「ええ」

「そして僕らは子供時代のままでいるわけだ」とジョルジュは呻くように言った。

「そうよ。そうよ」

「で、食堂に行くんだ！」

彼は笑った。そしてまた彼女の手を取った。

「学校に帰ろう」と彼は言った。「みんな校庭に並ぶ。シスター・マルグリートが手をたたく。ストーブのある教室に入っていく」

手に手を取り合って、二人はトンネルを抜け出た。歩いてまた元の並木道に上がった。ジョルジュは愚痴っぽくなっていた。

「君は全部売り払ってしまったというのに、僕のほうはママの家の片づけがまだ全部終わってないんだからな！」

「あなたはまだめいっぱいの時間を費やしていないだけの話よ」

「アン、君はスペシャリストなんだからさ、こっちの仕事も引き受けるつもりはないかい?」

「ないわ」

「君は冷たいな」

「それじゃ言葉足らずね。太陽と青い空を見に行けると思うと、そのことだけでもう夢中なの」

「僕もアトラスが見たいな」とジョルジュ。

「あしたの朝は起きなくていいわよ。すごく早く出発するから」

「朝食はどうする?」

「パリに着いたらカフェで食べるわ」

「砂漠に入ったらすぐに連絡してくれよ。一山越えたらすぐに電話して。最初のオアシスでね」

「最初のオアシスでね」

「可能になったらすぐに電話して」

「約束するわ」と彼女は言った。

「可能になったら君の新しい携帯の番号をすぐに教えて」

「約束するわ」と彼女は言った。

「週明けにでも」

「ええ、ええ、約束するわ」と彼女は繰り返した。

＊

朝六時、彼女は逃げ出した。ジョルジュ・ルールは寝たままにした。彼女は白いエスパスに乗りこんだ。パリに着くと、自宅の庭に最後の水遣りをしたくなった。彼女は哀れな黄色のホースを持って、庭を一巡りした。水を遣るべきものは何もなかった。冬のバラが二輪。それを二つとも手折った。それをバッグに入れた。郵便小包の箱を持った。家のドアを、庭の門を、新しい鍵で閉めた。バニョレの修理工場から借りていた車を返した。売買予約契約は八区で十五時に取り交わされることになっていた。少しおなかがすいていた。新聞を買いに行った。コーヒーを飲みに行った。サラダを食べた。「自分の健康のために乾杯しよう」と思い、コート＝ド＝ニュイをグラスに一杯奮発した。十五時になると、区の郵便局に寄り、そこで待った。窓口までたどりつくと、トマのオフィス宛ての小包を出した。それから八区の不動産屋に電話した。ええ、契約書にサインしてもらいましたよ。彼女は電話を切った。郵便局を出た。タクシーに乗って北駅に向かった。

第十二章

彼女は窓口で待った。アンヴェルス〔アントワープ〕行きの切符を現金で買った。アン・イダンはその切符を持って、乗客がロンドン行きの列車を待つ駅の、上の階へと向かった。ベンチに腰を降ろすと、時間をかけてゆっくりと、自分のクレジット・カードを何度も折り返しては引き裂いた。三つの破片のうち二つはユーロスターの前のゴミ箱に捨てた。

彼女はまた下に降りていった。そして、タリスに乗りこんだ。列車が走り出すと、トイレに行った。クレジット・カードの残りの破片を丸窓から投げ捨てた。携帯でジョルジュに電話した。

「すべて順調よ」と彼女は言った。「今、ロワシーにいるの。モロッコ行きの便に乗るところよ」

「キスを送るよ」

彼女は自分の携帯電話をずたずたに解体しはじめた。その細かい破片を次から次へとトイレの穴に落としてはおもしろがった。彼女はブリュッセルで降りた。そこですぐにリエージュ行きの列車に乗り換えた。彼女はトマのことを思い、パリに帰ってきたとき彼はどんな顔をするだろうと思った。落胆の表情が見えた。彼の苦しみを願った。今はロンドンにいて、テムズ川の岸辺を歩いている彼を想像した。彼女はおもしろがった——何度も何度も、念入りに何度も——、翌日彼が鍵穴に鍵を差しこんで、開くはずのない錠を回そうとしているときに感じるだろう印象を想像してはおもしろがった。アン・イダンと過ごした生活のすべてが——一時間後に彼がオフィスで受け取る自分の証明書類を除いて——消失して、どこにも見当たらず、空間のなかに蒸発し、空よりも、天空よりも空虚で目眩をもよおす、とてつもなく抽象的な空虚のなかに呑みこまれてしまったということを明白に認識したときの印象。

　彼女はティーネンで降りた。革のバッグを手にして、閑散とした広場を渡った。広場の角にあるデパートへ向かった。肩からかけられるような灰色のキャンバス地のバッグを買った。黒いスカートに人造皮革のジャケット、それに栗色のホールター・ブラウスも買った。試着室でそっくり着替えた。タクシーに乗った。ホテルの部屋に入った。眠った。翌日、古い服を古いバッグに詰め、灰色のキャンバス地のバッグに新しい服を収め、外に出ると、古い革のバッグを金属製の大きなゴミ箱の中に捨てた。彼女はマーストリヒト行きの長距離バスに乗った。ラナケンの国境を渡った。デューレンで食事をした。謝肉の火曜日《マルディ・グラ》のことだった。

　それからイギリス人観光客でいっぱいのバスでライン川をたどった。灰の水曜日《サンドル》のことだった。

＊

彼女はすべての乗客がバスから降りるのを待った。そして、あわてずに降りた。フライブルクのスポーツ用品店へ足を向けた。スキーパンツにフリースのジャケット、帽子、毛皮の手袋。大きな赤いリュックサックも買って、それにみな詰めこんだ。支払いはすべて現金ですませた。ユーロ圏にはすばらしい利点があることを彼女は実感した。

プールに行き、えんえんと泳いだ。更衣室に戻って、また服を着るときに、さっきまで着ていた服を灰色のキャンバス地のバッグに詰めた。

そのすべてをプールの裏庭にあったゴミ箱に捨てた。

濡れたままの髪で、美容室に行った。髪をひどく短く切ってもらい、白いメッシュの入ったブロンドに染めてもらった。

美容室の鏡に映る自分の姿を見ながら、すべてと別れることで、自分自身をも奪われてしまう可能性があることに気がついた。

鏡のなかの自分はまさに取り乱した様子をしていた。老けてもいた。愚かにも他人が犯した過失によって罰せられているのだった。もう何も残っていなかった。もはや誰も彼女をつかまえられないし、追いつくこともできなかった。

ドイツ風の美容院の、たくさんの電球で飾られた鏡に映った新しい姿を見つめながら、いったいこれは何者なのかと自分自身でも不安なのに、世間が私のことを見分けられるわけがないじゃないか、と彼女は思った。

彼女はまた長距離バスに乗った。トットリンゲンを過ぎ、スイスとの国境を渡った。最初の湖が目に入ったとき、彼女は幸福に酔いしれた。

*

ビエンヌに着くと、ホテルから思い切って母親に電話してみた。

「トマがひっきりなしに電話してくるわ」

「出なくていいわよ、お母さん」

「私は自分の気のすむようにします、娘や。あなた、どこにいるの？」

「ロンドンにいるわ。これから彼と会うの。心配しないでね、お母さん。夫婦のくだらないいざこざなの。心配しないでね、お母さん」

「私は心配です、娘や。いいかげんにして」

第十三章

エンガディン地方の峡谷には古い自然に属する何かが残っている。森は人類がヨーロッパに入ってくる前と同じ姿だ。湖もそのままだ。大気は純粋というか、むしろ世界のどこにも見られない透明さを呈している。最初のうち、彼女は一日中歩いていた。何も考えずに森をさまよっていた。午《ひる》には、陽の当たる部屋のバルコニーに折り畳みの寝椅子を引っ張り出した。釣り人たちが湖にボートを出し、湖面を漂いながら釣果を夢見ているのを見つめた。

太陽が巨大な影を映し出すのを彼女は見つめた。

夜になると、隣部屋の客たちは——太古の世界と同じく——声高には語らず、囁くのだった。ホテルの人々はワックスをかけた寄木細工の床を静かに滑るように歩いた。テーブルクロスは糊がきいていた。食事中に高笑いする者は誰ひとりなかった。

二日が過ぎたとき、彼女はこの地で完全な湯治に入ろうと心を決めた。一週間、彼女は自分の肉体そのものと化した。自分の肉体に崩れ落ちた。自分の肉体がその限界まで肉体であること——それが二十本の指と一個の鼻と、眠ると生きはじめるわずかな性器でしかないこと——を感じた。

＊

大きくて暗い目、長い睫、滑らかでむき出しの額、とても厚くとても美しい唇、白とブロンドのとても短い髪、白のフリース。

雪のなかに映えるその女に男は感嘆した。

二人は夕食をともにした。

＊

猫のうめき声が聞こえてきた。まるで幼児のように鳴きかわしていた。彼女は目を開けた。枕もとの明かりをつけ、時間を見た。三時だった。

二人から遠く、テラスの上で、二匹の猫が媚声と鋭い声で鳴き交わし、愛し合っていた。

彼女は振り向いて、自分の横で呼吸している男を見つめた。

剃り上げたうなじのやすりのような部分に触れてみた。

大きくて温かい肉体にすり寄り、からみついた。その匂いは恵みだった。

うなじのくびれが優しかった。

そこでまた彼女は眠った。

*

自分に値しない相手が自分に忠実であることはない。

彼女はそのとき見ていた夢のなかで、そんなふうにつぶやいた。

自分に味方してくれることは、その人が持っている恐れや怠惰、不精、無為、退行、愚行も一緒に連れてくることではない。

私たちは、自分の椅子に座り、自分の浴槽に寝そべり、自分のベッドに横になって、ぐったりと、あるいは茫然自失になっている存在を見つめ、自分がもはやそのために生きているわけではないことを確認する。

そういう存在を見捨てることは、相手を裏切ることではない。

彼らの無気力や愚痴のほうが、こっちから別れようと考えるよりも先に、こっちを見捨てているのだ。

夜がコモ湖を去った。
彼女は難なく三番目の国境を渡った。

＊

もし宿命というものが、自分以外の世界の別の場所からやってきて、ある生存に襲いかかり、その正体が明らかになることがないまま、そのあとに従わせようとする、あの飛躍のことを指すのだとしたら、彼女はまぎれもなく宿命を抱いていた。そしてそのことを自覚していた。彼女は思う。「私は自分がどこに行こうとしているのか知らない、でも断固として走りぬく。恋しさを感じるどこか、そういうところで好んでさまようことになるのだろうと私は思う」

＊

イタリアへと通じるハイキング・コースで一度だけ彼女は検問チェックを受けた。二人の税官吏は差し出されたパスポートを開きさえしなかった。彼らは、ついうっかり日差しのなかに顔を出した酢木《すのき》の花を彼女に進呈した。手袋をはずし、その花を指先でつまんだとき、彼女は不意打ちの激しい幸福に満たされた。そのちっぽけな花は、指ではさまれた奇跡のしるしだった。

白い大きなフリースのジャケットにあたたかく包まれて、彼女はレッコまでの道を続けた。

そこから先はバスに乗り、飛行場のあるモンザにたどり着いた。

第二部

第一章

交通が滞っていた。ナポリの三月は粘っこく、生暖かった。すべての車がクラクションを鳴らしていた。シーツ――もちろん濡れたの――は風で乾かすものなのだった。バルコニー、建物の屋根、テレビのアンテナ、いたるところで絶えずやかましくはためいていた。ヴェスヴィオ山の上に積み重なった雨雲が密度を増し、膨れ上がっていた。

昨夜、飛行機は油煙まじりの霧雨のなかに着陸した。

それから滑走路の上の凍えるバス。

それから湿っぽいタクシー。

それから暖房のきかないホテル。

ナポリ湾の夜明けは霧に包まれたままだった。

サンセヴェリーノ宮の近くで国際携帯電話を買うと、すぐに路地で赤毛の青年にロックを解除してもらった。そしてその青年から、あらかじめカードを数枚買っておいた。彼女はヴェリの薬局へ電話し、母親の様子を尋ねた。ブルターニュはすべて順調、ただし、イデルシュタイン夫人の家は週末になるとほぼトマに占拠されている、とのこと。

「あなた、どこにいるの？」

「アイルランドよ」とアンはヴェリに答えた。

彼女はまた服を着替えた。明るい色の大きな革のバッグを買い、綿と絹の混紡のイタリア風のスカートを、毛糸のサンダルを、灰色のジーンズを、真っ黄色の大きな防水ジャケットを買うのに喜びを覚えた。山で着た服は犠牲にした。リュックも捨てた。船着場にやってきたときも、雨はなおそぼ降っていた。タクシーの運転手は、これでもう三日になると言った。

「そろそろ月が恋しくなってきた」

桟橋の板がやや腐っていて柔らかく、滑った。

彼女の人生は？　La mancanza〔イタリア語で、欠如、不在、過失、怠慢、欠点の意味がある〕

桟橋は彼女の靴の下で奇妙に揺れ動いていた。

彼女は座った。

濡れたベンチに座り、ジョルジュ・ルールに電話した。ヨンヌ川とグンペンドルフの具合はどう？　ブルゴーニュのほうは万事順調。ただ、ショワジーの家はまだ片付いていない。

「君は今どこにいるんだい？」

「ザゴラって、すばらしい町ね」と彼女は答えた。

水中翼船《アリスカフィ》がやってきた。

水上を進み、船にたどりついたとき、そこで落ち、そこで死ぬことがときに怖くなることがある。

彼女は船室に入った。窓辺の席に座った。彼女は突如、自分にはあまり馴染みのない印象を覚えた。それは不安ではなかった――それならば鼓動が高まる。

それはどんな感情よりも昔にさかのぼる、古い孤独の悲嘆だった。

それは――早い話が――根源の恐怖だった。

彼女は島から島へ、岸壁から岸壁へと、一度もナポリには引き返さずにさまよった。

彼女はとても愛らしい二つのホテルで迷った。ひとつはラヴェロにあるホテル、もうひとつはイスキアの小さな島にあるホテル。

結局彼女が選んだのは、フレグレエ群島に属する島の、城の真ん前にある小さなホテルだった。そこには海に直接面した部屋があったから。

部屋には静かな長いテラスがあって、ほかの部屋とはつながっていなかった。

あるいは窓を開けてみる。まずは入り江が見え、プローチダ島が見えた。

＊

ある日の眠れない夜、彼女は立ち上がり、全裸で体操をした（不眠に襲われるたびに、この一連の長い動作を繰り返さざるをえなくなるのだ）。疲れ果てると、額で窓のカーテンを押しやり、額に全体重をかけ、額をぴったりと窓ガラスに押しつけ、闇のなかの入り江を、ほとんど光のない、とても古代的な、絶景の入り江に見とれた。

彼女は暗愚な喜びを感じた。

やがて内部に興奮のさざなみが起こり、内部のあらゆるものを払いのけながら上昇し、ついには発光し、最後には彼女の喉を締めつける。

その肉体に不眠と覚醒がみなぎりはじめるのだ。

彼女はホテルの白いバスローブをはおった。そして、両開きの大窓を静かに押し開けると、海に面したテラスに出た。

全身を震わせながら、鋳物の椅子の縁に腰を降ろした。

朝の二時から三時にかけての時刻だった。

突然、入り江の向こう側に一条の光が輝きだした。ソレントに朝日が昇りはじめたのだ。一日の始まりは神々しかった。その日の午前中、彼女は島の小道をひたすら歩き回った。

午《ひる》になると、ジョルジュに電話した。

「すべてが神々しいのよ。ナポリの近くのイスキアに来ているの」

「君はモロッコのザゴラにいると思ってたよ。タッシリの砂漠を四駆で走っている君を想像していたよ」

「飛行機だってあるのよ」

「イスキアって、知らないな」

「ジョルジュ、私、幸せになったのよ」

「おいおい！　たのむから、幸せだなんて言わないでくれ！」

「だって幸せなんだもの」

「自分が幸せだなんてぬけぬけと言うやつが我慢できないんだよ」

「どうして？」

「嘘をついてるからさ。ぞっとするよ」

「あなたがぞっとしたって、かまわない。私は嘘なんかついてないもの。私は幸福よ。私の島のなかで幸福なの」

「イスキアって島なの？」

「そうよ」

彼女は自分がどこにいるか、そこがどんな場所なのかを彼に説明した。そこは単独行動をする驚くべき動物にも似た場所であること。ここで始まっている春に何を発見したか。彼は理解できないまま彼女の話を聞いていた。ジョルジュ・ルールは話をさえぎった。

「あのさ、僕はショワジーのママの家を守ってくれる人を見つけたんだよ」

「あなたのために指を十字に重ねて祈ってあげる、ジョルジュ」

「ご親切にありがとう。まさに今の僕にうってつけの気遣いだね。いい人なんだよ。この人なら、いまだにこの家の中を歩き回っている母親の思い出に恥をかかせないだろう」

「あなた、どうかしてるわ」

「君こそどうかしてるよ、自分が幸せだなんてさ」

「だって本当なんだもの」

「明らかに僕がいなくても平気なんだな」

「たしかにそうだけど、手が空いたら、すぐにいらっしゃいよ。家を売り払ったら、こっちに来ておやすみなさい。そうしたらわかるわ。すばらしいところよ。ここだと、どこに行ってもすぐに自分を見つけられたわ。山道でも、路地でも、小さな広場に通じる急な階段でも、小さな三つの火口でも、森のなかでも、急斜面でも、雲のなかでも、すぐに自分と出会えたわ。どこにいても、ここにいるのは私だとわかったわ。人々は温和よ。ただのひとりもフランス人はいない。ナポリ人かロシア人しかいないわ」

「ロシア人のなかで孤独を感じないのかい？」

「ときどきひどく孤独を感じることはあるけれど、それがものすごく好きになってきているの」

「僕にはものすごく好きかどうか、自分ではよくわからないな」とジョルジュはつぶやいた。

「どこにもなんの兆しもない？」

「どこにもなんの兆しもないよ。グンペンドルフの小屋が君を待ってることを除けばね。じりじりしてるよ。壊れかけてるんだ。流れる川のなかに、黒い小舟の上に、大きな野バラの茂みに今にも崩れ落ちそうだよ」

「ありがとう、キスを送るわ、ジョルジュ」

「待ってるよ、エリアンヌ。君がいなくて寂しいよ」

午《ひる》だった。彼女は携帯電話を閉じた。

港に面した店で、皿の上の小さなチキンにフォークを滑らせた。店の前に並んでいる船たちがぶつかり合う奇妙な音のせいで、彼女は目を上げた。一列に並んでいる赤い船体が二つ。青い船体が一つ。二つの赤い船体に一つの青い船体。妙だった。妙な兆しだった。風が立っていた。島の葡萄酒もまた美味だった。

＊

アン・イダンが言うには、

「深淵から湧き上がってくるような、海の水のなかに散らばっている光があるの。それはけっして表面には上がってこないけれど、肉体の下、海藻の下、イスキアの岩陰で戯れている。その光はたぶん火山に由来しているのじゃないかしら。太陽から発した光とはとても思えないけれど、ここで泳ぐ人の肉体に触れてくるの」

海水浴の時間になると、彼女は自分の部屋に行って着替え、水着の上からホテルの白い綿の部屋着に袖を通し、ホテルの白っぽい黄色の小さなプラスチック製サンダルを履く。そして、自分の部屋のテラスの真下に広がる岩場を通っていく。道はついていなかった。プラスチック製の小さなサンダルは、岩場に散らばる松の細い葉の上で滑りやすかった。彼女はホテルの部屋着を、そこに立っている何の役にも立たない鉄の手すりにかけると、海に飛びこむのだった。

*

ひとり、彼女はだんだん眠れなくなってきた。夜は本を読むようになった。ホテルには自分の部屋を真っ先に清掃するようにと伝えてあった。客室係がやってくると、まず最初に彼女の部屋の清掃に取りかかるのだった。彼女自身は、朝の五時から六時のあいだ、曙光が射しこむころにはホテルを出ていた。グレーのジーンズに黄色のバスケットシューズをはき、夜明けの静寂と冷気のなかを、夜の終わりの、あるいは夜明けの、長い長い影のなかを歩き回り、小さな海水浴場の町を出て、小道をたどり、草原に分け入り、夜露で足を濡らし、葡萄畑、オリーブ園、林のなかをさまよい、あえて道に迷おうとし、迷うことを好み、そして実際に迷うのだった。彼女は低い石壁や塀が隠しているものに興味を持った。パリの自宅に未練はなかったし、ヨンヌ川に面したジョルジュ・ルールの土地にある蔦のからまる俄か修理をほどこした小さな住居にだって未練はなかった。彼女が着ている防水ジャケットのフードであれ、どこかの壁の角であれ、岩の先端であれ、見えない角でさえあれば何でも楽しむことができるのだった。視線の及ばない何かの角で自分の肉体を補えればよかったのだ。ひとりで縮こまることのできる、向かいに何もない部屋であるとか。その身を埋め、陽を窺うことのできる小さなテラスであるとか、バルコニーの端であるとか。彼女は生まれ出る陽光のなかを歩き回った。夜明けにおける人々の習慣に、その日の調子が決まる最初の行為に興味を持った。キッチンの天井灯がつき、帰ってきた犬のためにドアが開かれ、人々は服を着て、髪を梳かし、鏡に映る自分の姿に驚いて思わず後ずさる。太陽が顔を出し、裏通りにも表通りにも生活とあわただしさと煙草の匂い、カフェオレの香り、コロンの香りが満ちてくると、クラクションを鳴らし大騒ぎしながらホテルへ連れ帰ってくれるミクロタクシーを彼女は拾う。そしてホテルの食堂の、芽吹きはじめたばかりで、樹液がまだこびりついている葉をところどころに広げているだけの葡萄の蔦におおわれたアーチの下で、豪勢《パンタグリュエリック》な朝食をとる。火山の温かいお湯のせいでいつも多かれ少なかれ湯気で煙っているプールの前で彼女は休んだ。目の前では、すでに二、三時間前からロシア人やドイツ人があたりに水しぶきを飛ばしながら潜水に興じていた。彼女はドイツ人がプールからいなくなるのを待ち、それから悠々と泳ぐ。水を滴らせながら部屋に戻ってシャワーを浴びると、ベッドに潜りこみ、仕事をした。

ここで彼女は、キャサリン・フィリップスに捧げる小さな四重奏曲を作曲した。ナポリで買ったコンピュータを自分の部屋に備えてもらい、調べたい楽譜や書籍はネット販売で取り寄せた。

第二章

O Oh how I!〔おお、どれほど私は！〕彼女はこの数週間、これが口癖だった。

キャサリン・フィリップスは十七世紀の偉大な英国詩人のひとりである。彼女は「おお、孤独よ！」という詩を作り、これをもとにパーセルがえんえんと長い歌を作曲した。

この歌の詩句が彼女の生活と呼応するようになってきた。

彼女の顔はやせ細った。その身体もやせ細った。あとには骨と悲しみと、真新しい奇妙な優雅さだけが残った。

短く刈った髪が伸びてきて、また小さなシニョンにまとめられるくらいになった。

肌は張りつめ、以前より茶色くなった。海水、エンガディンでの湯治のせいで艶やかになっていた。

ドレスを身に着けると、ややゆったりとしてみごとに身体の線を引き立てた。

泳いだ分だけ、よけいにすらりとしてきた。彼女はひとりで泳いだ。ひとりで歩いた。ひとりで食べた。本はお気に入りの片隅で読んだ。

O solitude〔おお、孤独よ〕
my sweetest sweetest choice〔私の甘美な甘美な選択〕
devoted to the Night〔夜に捧げし〕

このマーチのような役割を果たすリフレインを、パーセルの歌曲はけっして省かなかった。彼女はいつだって決然と歩いた。背筋を伸ばし、腿と膝を前に突き出し、直情的に歩いた。

O Oh how I〔おお、どれほど私は
solitude adore!〔〔孤独を崇めるか！〕〕

キャサリン・フィリップスはその詩のなかで、こう書いている。

孤独の声が宛所《あてど》なく魂の奥で立ち上がる、
太陽光線のごとく非物質的、
自然のただなかの恍惚、
時の降誕。

＊

靴はますます無残な姿をさらし、
汚れ、
泥に、
草にまみれ、
それほど彼女は島をくまなく歩いた。果てることなく歩いた。ありとあらゆる道をうねり、掘り返し、日々火山の斜面を駆け降りた。

＊

彼女が作る曲をすべて集めても一冊の小さな選集に収まってしまっただろう。演奏することはほとんどなかった。彼女が譜面に記すことができたものはすべて録音された。彼女は創作する人を評価していなかった。演奏家も。評論家も。音楽学者も。この種の人々と出会うことで自分の人生を複雑にしようとは思わなかった。伝記も、書簡も、故人の意見も読まなかった。作品だけを、しかも全作品中の一部の曲だけを愛した。これまで作曲され、あるいは転記された音楽作品のなかで彼女が崇めている楽曲をすべて集めたとしても、小さな一巻に収まってしまっただろう。その本は、もし出版社がキャサリン・フィリップスの言葉をまた使うことを許可してくれるならば、時の降誕（Nativity of time）と名づけられたかもしれない。

ある日、彼女は予兆を感じてミラノに赴いた。神秘的な予感によって日々の流れが変わるわけではないかもしれないが、機会が狩り出されるということはある。唐突な大胆さを引き起こすのだ。

＊

彼女はウィーン風の古い建物の中に入っていった。エレベーターを呼び寄せるための象牙の古いボタンを押した。ガラス窓の入ったペルナンブコの木でできた華奢で古いエレベーターが降りてきた。鈴のような音を立てて開く狭い両開きのドアのあいだから中に滑りこんだ。

震え鳴くガラスの箱から彼女は出た。

ミラノのアパルトマンの黒い大きなドアの前で、彼女は不安を感じて立ち尽くした。

いつになく喉が引きつっていた。

ほとんど締めつけられるほどに。

彼女は緑色（薄緑）のスカートに、黒いロールカラーのプルオーバーバーブラウスを着ている。

ピアノを前にしている。

マエストロが背後に立っている。

彼女は自分が作ったばかりの曲を必死で彼に説明しようとしている。

彼はそれが理解できない。彼女が何を演奏しているか理解できない。彼女が何を言っているのか理解できない。マエストロの手が肩に触れると、彼女は逃げ出す。

＊

男と女のあいだの人生は不断の嵐だ。

その顔と顔のあいだの空気は木々や岩のあいだの空気よりも激しい——より険悪で、より電撃的。

ときにはまれに絶好のとき、みごとに、まさしくみごとに雷が命中することがある。それが恋だ。

その男にして、その女。

二人は尻餅をついていた。仰向けに倒れていた。

第三章

ある朝、大きな黄色い別荘のバルコニーに「売家《ヴェンデージ》」の貼り紙を見かけた。アン・イダンはその地所に入っていった。

彼女は巨大なプールの、多孔質でピンク色の石をたどって歩く。

目の前には、とても暗い二本の糸杉が空を背景にくっきりとそびえている。灰色の鎧戸が黄色い壁に美しく映えている。庭を検分してみる。

ホテル住まいが重苦しくなりはじめているのだと彼女は自覚した。この生活の修道院みたいに厳格な時間割、従業員のささやき、つねに強制的で、ほとんど調教的といってもいいリズム、さまざまな匂い。とりわけその匂い。食事の、化粧品の、泥の、硫黄の、煙草の、石鹸を運ぶカートの、廊下に出される洗濯物、それらのじつに横柄な匂い。だが彼女はこのまばゆいほどの清潔さが大嫌いだった。普遍的な快適さを備え、苦痛のない、この世のどこでもない場所にいることだけを願う観光客のためにみごとに演出された清潔さが嫌いだった。ほとんど死に隣接したこの場所を、彼らはバカンスと呼んでいるのだ。

＊

いきなり驟雨が襲ってきた。

彼女は走る。

売りに出されている別荘からあわてて出る。

家々の壁が黒ずむ。

側溝の水が火山の坂道に溢れ出す。

山全体が彼女の足もとで流れ落ちる。

無数の小さな急流が海になだれ落ちていく。

渡る広場は空っぽ。

交差点に人影はない。

教会前の階段には、ポーチや軒下の暗がりで雨宿りしようとする黒ずくめの女たちであふれている。

車の屋根が篠つく雨に鳴り響いている。

「なんて雨なの！」彼女はホテルの回転ドアを押し開け、レインコートを脱ぎながら言った。

「そうよ。正真正銘！　空恐ろしいわ！」

彼女は浴室を出て、バスタオルで髪をぬぐいながら部屋に戻る。プルオーバーを脱いだ。

「寒いわ」彼女は大きな声で言った。

ホテルの部屋は冷えていた。できれば火の気がほしかった。彼女は思う。「私には暖炉が必要だわ。暖炉がほしい。屋根がほしい。歌よりも何かもっと具体的なものの世話をする必要がある。この年の春に備える庭が必要だわ。家が必要なんだわ」

これらの言葉が思い浮かんだときは、彼女はもうスカートとストッキングを脱いでいた。

彼女はベッドに潜りこむ。カバーを顎まで引き上げ、ボールペンのキャップを口にくわえて、本を読む。

＊

彼女が読んでいたのは、人間嫌いの皇帝アウグストゥスがある場所に恋をしたという話。

皇帝は霧に包まれたカプリの力を発見したとき、イスキアの島をカプリと交換した。

猪の島、カプロイ（Kaproi）はそれまで、ギリシアの植民市ナポリに属していた。

やがて後の皇帝ティベリウスはこの島を黄道十二宮に対応する邸宅を有する野趣ある居住地

とした（フランスのヴァロア朝がロワール川のほとりを選んだように）。

アン・イダンは観光ガイドブックを砂の上に置いた。

あたりには早咲きのバラの香りがただよっていた。

穏やかな日和だった。

海水浴をしたあとだった。プールの下に広がっているホテル前の浜辺に彼女は寝そべっていた。自分がぞっこん惚れこんだ島の歴史について語っている本をホテルの図書室から借りてきて、それを読んでいるところだった。砂の色は、夜明けの空よりもなお青ざめた灰色だった。

青い丘のほうを振り返ると、その青い丘のなかに青い屋根が見えたような気がした。

*

聖金曜日だった。三月二十五日のことだった。

ジョルジュに。

「ユーカリの林のなかに道が通っているのが見えたのよ。家は見えなかった。浜辺にいると、浜から垂直に立っている笠松が邪魔になって見えないの。で、崖の道からだと、青い屋根の一部しか見えないの」

「僕のほうは、君の郵便受けを調べに行ってきたよ。税金の紙が入ってた」

「これからはなんでもインターネットね。そのほうが便利だし。ありがとう、ジョルジュ。私が自分でやるから」

そして彼女は数時間前に藪のなかで見つけた別荘の話をした。

彼女はそこにまた足を運んでみた。

結局のところ、浜からはかなり遠いのだった。ひどく険しく、鬱蒼と木々の茂れる細い山道をたどってようやく、黒い火山岩のファサードと対面できたのだった。その家の屋根は実際、青く見えるほど艶やかな火山岩で葺かれていた。

彼女はいつか自分がここに住むことになるかもしれないと思うようになる前に、二十回以上はその家を見た。

現実空間の一角を占める、ある場所に人は恋をすることがあるとは思いもしないで、彼女はその家に恋をした。

崖の上のその家は、実はほとんど人目につかない家だった。浜辺にいようが、昼に安食堂のテーブルでサラダを食べていようが、道路に出ていようが、海に面した崖の中腹に残り半分だけ突き出している屋根しか見えないのだった。

テラスも、家の本体同様、その大半が岩のなかに彫りこまれているのだった。

ここは売家ではなかった。

人が住んでいないだけだった。

＊

岩陰にあるその別荘からは、海を一望することができた。

山の斜面に棚《テラス》状に張り出した土地からの視界は無限に広がっていた。前景、左はカプリ、ソレントの岬。そして、見渡すかぎり海。見はじめると、身動きできなくなるのだった。それは風景ではなく、何者かだった。男ではなく、むろん神でもなく、だが、確かな存在。

奇妙な視線。

何者か。正確で名状しがたい顔。

この長くて狭い、無人の、南東の海に臨む家の所有者を突き止めようと――あるいはその来歴が知りたくて――彼女は調べまわった。

不動産屋は何も知らなかった。

岬にある小さな教会の司祭から、所有者の名前を聞きだすことができた。島の反対側に農園を持つ農婦だった。所在地はサン・アンジェロ近くのカーヴァ・スキュラというところ。彼女はバスでその農園に出かけた。

「私は何も知りません。祖父が死んだのが一八七〇年のことだから」

「まあ！」とアンは声を上げた。

「シニョーラ、私の祖父が一八七〇年に死んだことを知ったからといって、どうしてあなたがつらい思いをするのですか？」

「シニョリーナです」と彼女は訂正した。

「あなたはフランス人ですか、シニョリーナ？」

「はい」

「どうりで。わかってください、シニョリーナ、私の祖父は私の祖父です。あなたの先祖ではありません」

「はい」

「だからあなたが嘆き悲しむ必要はないのです」

「はい」

「それに、イタリアの一八七〇年はフランスの一八七〇年ではありません」

二人の女は口をつぐんだ。

アン・イダンがまた口を開いた。

「でも、イタリアの一九二〇年はフランスの一九二〇年ではありませんでした」

「でもいいですか、シニョーラ、イスキアはぜんぜんイタリアではないのです。さて、こんなふうに言いましょうか。あの庭で何かを育てようとする人がいなくなってしまったのです。あの小さな家は私の祖父が妹のために、つまり私の大叔母のアマリアのために建てたものなのです。でも大叔母のアマリアは死にました。私の祖父は死にました。私の父も死にました。あそこで最後に暮らしていたのは私の父です。やもめとして残された最後の年月をそこで暮らし、死んだのです」

「どうかお許しください……」

「もう一度言いますが、シニョリーナ、私の親族の死のことで、私があなたを許す必要はないのです。さあそろそろ、私に仕事をさせてくれませんか」

農婦は彼女を自宅に招じ入れようとはしなかった。

第四章

ある日のこと、くたくたに疲れて帰った年寄りの農婦は、わざわざイスキア港から仕事の邪魔をしにやって来た若い観光客の女に対して、怒りを爆発させた。とにかく放っておいてくれと彼女はきつく命じた。それどころか、今度こそは肝に銘じさせせようと、頭ごなしに怒鳴りだしたのである。するとアンも負けずに声を荒げ、サン・アンジェロの農婦の両手を強く握りしめると、今度は彼女が激昂した。

「あなたって、私の母親そっくりだわ！　ママみたいに頭ごなしに怒鳴りつけるんだから！」

すると老いた農婦はその場で泣き崩れたのである。

二人の女は手を取り合って泣きはじめた。

そして、農家の中に入って甘口の加熱ワインに砂糖をかけたビスケットをひたしながら、それを飲みつつ、それぞれの不幸な人生について、手前勝手で好色で横柄で臆病でかわいそうな男たちについて語った。幸福もまた肉体のように老いるということについても話した。

＊

二日後、アン・イダンはタクシーに乗って彼女を迎えにいった。車は二人を下で降ろした。二人は笠松に隠れた家へと登っていった。軒のように飛び出した岩場まではひどい急勾配だった。目眩はしなかったが、足もとはおぼつかなかった。老いた農婦は目の前の坂道を懸命によじ登り、息を切らせていた。彼女は脂じみた古いロープを握っていた。アンがそれまで気づかなかったそのロープは、茨や野バラの茂みを通して火山に直接固定されているのだった。

生垣のあいだから見える壊れた古い壁を指さしながら、老いた農婦は言った。

「昔はここに、サラセン軍とフランス軍の両方を警戒するための櫓《やぐら》があったんだ」

「はい」

「それが今では驢馬の小屋になってしまった。あんたはミュラ将軍を知っているかい？」

「はい」

「その将軍がここを植民地にしたことも知っているかい？」

「はい」

「そのことについて何にも思わないかい？」

「思いません」

「どうしてそんな答え方をするの？」

「なぜなら私は将軍ではないし、自分の一生を元帥として終えるつもりもないから」

老いた農婦は振り返ると、笑いながら彼女の頭を手でたたき、また坂道を登っていった。

同一平面に長く伸びたこの平屋の家の持つ奇妙な力を理解するには、実際にその前に立ってみるほかなかった。カーヴァ・スキュラの老いた農婦その人でさえ、その家を再度目の当たりにして、絶句してただじっと見つめるほかなかった。茂みと生垣は黒と見まがうほど、ほとんど岩の黒と見分けがつかないほど濃い緑におおわれていた。岩棚《テラス》もまたとても長く――火山の岩壁と同じだけの長さがあった。

家を包む山の木々か、それとも海か、どちらかしか見えなかった。

どこもかしこも海だった。

アンはますますこの場所が、この海を一望する広大な景色が好きになった。言葉は出なかった。またもや彼女の手を握っている老婆のなすがままにさせておいた。この老婆もまた語りかけようとはしなかった。

光の雨のようなものが家を包んでいた。それは非物質的でありながら、わずかに暗く、あたかも光の霧というか、空気を顆粒状に昇華させた物質のようだった。

「どうしてここに住まないのですか？」

「肉体には脚、心には思い出」

彼女の友にしてカーヴァ・スキュラの農婦はこんな謎かけをしてから、こう言い足した。

「夏には光がどんなに激しいか、あなたにはとうていわからない。そのうえ、その暑さときたら！　ところであなたはなんて言うの？　なんという名前なの、シニョリーナ？」

「アン」

「私はアマリア」

「あなたの祖母と同じ名前ね」

「祖母じゃなくて、大叔母。アマリアおばさん《ジア・アマリア》は私の祖父の妹だった。私の祖父がたいそう愛した人だった。私のことはアマリアと呼んでおくれ。私はあなたのことをアンと呼ぶから」

「アマリア」とアンは繰り返した。

「では、アン、私はあなたにここの暑さがどんなものになるかは言いません。どんなに恐ろしい獣になることか！」

彼女がバッグに入れてきた鍵はどれも家の玄関の鍵穴に入らなかった。

農婦はここまできたことが無駄足だったことに腹を立てて、玄関の片隅に積み重ねてある柵と杭の上に腰かけた。

彼女の前には、長いテラスに沿って、いくつもの椅子、テーブル、レモン材の古い木箱、空の壺がずらりと並んでいた。

彼女が背にしている奥の壁は黒かった。それは火山から流れ出した溶岩がそのまま固まったむき出しの火山岩だった。外側の壁は黄色い凝灰岩でできていた。それに続く埃だらけの窓は、入り江から沖にひろがる青い広大な海に面していた。

汚れた窓ガラスの向こうに、白亜質の大きな暖炉が二つ見えた。

静寂がテラスの上を進み、いたるところにてんでに置いてある錆びた鋳物の椅子とテーブルのあいだを縫っていった。

アンはアマリアの横にうずくまり、玄関のドアに背をもたせかけた。

二人の女はじっと休んだ。

*

アマリアは言った。

「鍵の在り処は、弟のフィロッセーノに訊いてみないと」

「足もとに気をつけて」アン・イダンが大きな声で注意した。

「フィロッセーノなら知ってるはず」

アンはアマリアを支えてやった。登るときにあれほど苦労した急峻な坂道だけに降りるときはなおさら危なっかしかった。

「たぶん私の父親はあなたのことが好きになったと思う」彼女の腕にしがみついていたアマリアが突然そう言った。

するとアンはこう小声で言った。

「あなたの言うことがどれだけ私の耳に心地いいか、あなたにはわからないでしょう」

「どうしてそんなに心地いいの？」

「私は父に愛されなかったから」

「あなたのお父さんは死んだの？」

「いいえ。家を出て行ったの。私がまだ小さかったころに」

ふもとの道路まで降りると、老いた農婦はこう語りかけた。

「いいですか、私はあなたの家にそんなに図々しくお邪魔したりしませんからね、アンナ！」

「それじゃ、受け入れてくれるのですね！」アン・イダンは叫び声をあげた。

そして老いた農婦をしっかりと抱きしめた。彼女は幸福の絶頂にいた。

＊

賃貸契約が決まるまでには時間がかかった。家賃についてはたちまち二人のあいだでかなり低い額で合意していたから、金額の問題ではなかった。「アンナ」は必要な補修費用を負担することになっていたので、一年のあいだほとんど何も支払わなくてもいいことになっていた。ところが工事に取りかかる前に、アマリアの親族からその承諾をもらう必要があったのだ。アンは家の鍵を持っていなかったが、あいかわらず険しい山道を登りつづけていた。

彼女は恋をしていた――すなわちとり憑かれていたのだ。

この日から、テイイのヨンヌ川沿いにある、ジョルジュが小屋と呼んでいる家を思い出すことさえなくなってしまった。売りに出したパリの家のことも。ブルターニュの母の住む家のことも。

彼女は情熱的に、とり憑かれたように、叔母アマリアの家を、岩棚を、入り江を、海を愛していた。自分の愛するもののなかに消え去ってしまいたかった。どんな愛のなかにも、魅惑する何かがある。私たちが生まれてから長い時間をかけて習い覚えてきた言葉で指し示しうるものよりもはるかに古い何かがそこにはあるのだ。でも、こんなふうに愛せる対象はもはや男ではなかった。ここにおいでと彼女に呼びかけているのは一軒の家なのだった。彼女がしがみつこうとしているのは山の岩壁なのだった。彼女が暮らしたいと思っているのは草むらの、光の、溶岩の、内部の火の片隅なのだった。山腹から張り出した溶岩のテラスの上に来るたびに、直截的であると同時に激しい何かが彼女を迎えるのだった。それが幸福感をもたらす名状しがたい存在であることは確かなのだが、いったいその存在のどの面から見て、自分がそれに認められ、保障され、包含され、理解され、評価され、支えられ、愛されていると感じるのか、まるで見当がつかないのだった。

＊

下のほうには洞窟が一つと小さな入り江が二つあって、そこだと誰にも見られずに泳げることを彼女は発見した。そこは険しい海岸だった。入り江は小さかった。火山岩がいたるところに張り出しているので、そう簡単には接近できないのだった。

上まで登れば、下の黒っぽい砂浜に誰もいないかどうか確かめられる。ときには鉄の環に舫ったボートで遊ぶ。ときにはコンクリートの階段を数段下って、飛び込むことなくティレニア海に浸ることもできる。

彼女の髪はまた長く伸びた。夜明けにも夕方にも水泳しているにもかかわらず、肩はなで肩のまま。今やここの入り江で毎日泳ぐ。脱いだ衣服は小さな家畜小屋に置いた。

第五章

ある日、やってきてみると、農婦と老いた男が一言も口をきかずに腰かけているのが見えた。夕暮れ時だった。彼らは光のもやに包まれた岩棚の上にいた。錆びたテーブルを前にして、鋳物の椅子に腰かけていた。二人のあいだに会話はなかった。このすばらしい景色に背を向けていた。まるで眠っているようだった。実を言えば、彼らは太陽に背を向けて、彼女が坂を登りきって、自分たちのほうにやってくるのを見ていたのだった。

「ほら！　私の娘がやってくる！」とアマリアは言った。「私は立ちませんからね。疲れているから。アンナ、私の弟のフィロッセーノを紹介するわ。家を修復する許可を出す前に、なんとしてでもこの家まで巡礼に来たいって言うのよ」

老フィロッセーノは立ち上がった。アンナに何かを見せたがっていた。彼女を岩棚の縁まで引き立てた。黄色っぽい岩の裏がえぐられて、切り立ったテラスのようになっていた。

「あれは私が父のために削ったんだ」と彼は自慢げに言った。「よく見てごらん、シニョリーナ！」

アン・イダンは差し伸べられたごつい手を握った。降りろというのだ。彼女は腹ばいにならざるをえなかった。この白髪の老人がそうしろと命じるからにはそうせざるをえなかった。

下から見上げるだけでは隠れている人工のテラスから身を乗り出すと、城《カステロ》やホテルやヨットハーバーを見ることができるのだった。

ヨットはほとんど動いていなかった。

海面は真っ白にきらめいていた。

二人は堪能し、また立ち上がった。老人とアンナはまたもとの岩棚に戻った。互いの埃を払い合った。ゆっくりとアマリアのところに戻っていった。

彼は恭しく家の鍵を彼女に渡した。

彼は許可を誓約するための握手を求めた。

彼女は彼の手を握り締めた。

すると沈黙のなかで、「アンナ」と呼ばれている女は何かを話さなければならないと感じ、二人に感謝するために長々と礼の言葉を述べはじめた。

目を伏せ、座ったまま、アマリアは注意深く耳を傾けていた。アンが話しおえると、立ち上がり歩み寄って、彼女の額に大きな音をたててキスをした。

そして、三人そろって玄関へと向かった。アンが鍵をまた老フィロッセーノに渡そうとすると、彼は強い拒絶のしぐさをした。結局、玄関の鍵穴に鍵を差しこんだのは彼女だった。鍵は難なく回ったが、その大きな木のドアに老人が激しく肩を打ち当ててやっとドアは開いたのだった。

三人は中に入った。

家は乾いていた。猫とジャスミンと埃の混ざったような匂いがした。

アンがやっても老人がやっても窓はなかなか開かなかった。開いたのは一つだけだった。空気が室内に吹きこんできて大量の埃が舞い上がり、息が詰まった。三人とも激しい咳が出て止まらなくなった。

アマリアは涙ながらに外に出た。

アンが激しい咳の発作に襲われながらも、二つの長い部屋を通り抜けると、ほとんど空の室内に奇妙な反響が生じた（そこに残っていたのはテーブルに八脚の腰掛け、エウロペを誘拐するゼウスの大きな石膏像、へこんだ肘掛け椅子、のちに彼女はこれらのすべてを撤去させ、暖炉の上の金泥の額縁のついた鏡だけを残し、その金泥をきれいに掃除させた）。

「私の父の父はポンテで公証人をしていたんだ」とフィロッセーノは説明した。「で、その弟はセラーラの司祭だった」

一歩足を前に踏み出すたびに、埃が——それに蛾も——舞い上がった。

外に出て荒々しい咳もおさまったとき、老人は言った。

「アンナ、もうひとつあなたに見せておくべきものがあるんだ。外に温泉があるんだよ」

それは岩のなかから自然に湧き上がってくる温泉で、大きな布で口がふさがれていた。フィロッセーノがその布の栓を抜いた。すると火山の硫黄混じりの熱湯で腐食した水盤に、煮えたぎる湯が滴り落ちるのだった。

＊

日が沈もうとしていた。

家が赤く染まりはじめた。

みな立ったままだった。

話すべきことはもう何もなかった。そろそろ帰りたいという。

アンはアマリアの弟の軽トラックまで二人を送っていった。フィロッセーノに鍵をいったん返そうとすると、彼は受け取りを拒んだ。

＊

二人が帰ると、アン・イダンはまた上に登っていった。山道を抜け、岩棚にたどり着き、真っ赤に染まった最初の窓の前に立つと、赤いスグリの大きな茂みが夕日を浴びて燃えているようだった。

かつてパリで病床にあった自分の弟の思い出がよみがえってきて、胸が締めつけられた。岩棚の上の、古い錆びた鋳物の椅子に腰を降ろすほかなかった。

ほとんど不可解なほどの静寂（おそらくは岩棚も二つの長い部屋も火山の岩壁の中に引っこんでいるためだろう）のなかで、彼女は自分の肉体の節々にこの場所が大自然と交わしている異様な抱擁を感じていた。ほかに家は見えなかった。見えるのは海と空だけ、そして今、夜がそのすべてを包みこもうとしていた。

第六章

ホテルの部屋はまだ引き払っていなかったが、彼女の肉体は山の中腹の別荘で生きていた。家中を温泉のお湯で洗った。そこに泊まることもあった――むしろ、そこで横になり、まどろんだというべきかもしれない。というのも彼女はわずかでも不眠の気配を感じるとそこに登ってきたから。

夜が明けるころになると、早くも家畜を連れてこの山を巡る羊飼いたちに挨拶をする。ものの一分もしないうちに、太陽は海面を突き破り、すべてが光の飛沫を浴びる。場所が徐々に深みを帯びてくる。距離はまず方々で生まれる音に由来する。最初の瞬間は、紫や黒に徐々に溶けこむ乳白色の物質のようなもののなかにすべてが現れる。

次いで木々の周囲に、山の中腹に広がる緑。

すると物の形の周りに影が出現する。それが家並みや家畜の群れの姿を浮き上がらせる。

海に面した長い別荘に住めるようになるまで、アンは捨てるべきものを捨て、掘り起こすべきものを掘り起こし、花を届けさせ、土の入った袋を、鉢を、灌木を、レモンの苗を運ばせた。

*

電気が引かれ、壁が塗りなおされるのを待つあいだ、住まいそのもののために買い入れたものは、そんなにたいしたものではなかった。淡い黄色の、ビロードのクッションのついた巨大な安楽椅子《ベルジェール》(分解して、ロープで引き上げなければならなかった)。それに革の肘掛け椅子。そのほかのもの(書斎、キッチン、飾り棚、戸棚のたぐい)については、ほとんどすべてを建具屋にその場で作らせ、材料の板は驢馬で運ばせた。

セメント、枠材、棚板、電線、つるはし、こて、スコップ、それに十メートルほど上にあるタンクから水を引き、温泉の湯を通す銅管などを上に運ぶには驢馬二頭が必要だった。

彼女が入り江で泳ぐときに着替えをし、衣服を置くのに使っていた中腹の家畜小屋には、木と土の半々からなる古い棚にさまざまな袋やら塗料の缶などが積み上げられた。

*

雨が降っていた。雨が降ってくると、いや、霧が出てきただけでも、家にたどり着くまでの坂道は険しいだけでなく、ぬかるんでくる。彼女に同行してきたピアノ商は首を横に振った。きわめて粗悪で、たとえプラスチック製のものであったとしても、アップライトのピアノをマリアおばさんの別荘まで担ぎ上げるのはとうてい無理な相談だと言うのだった。

彼女はナポリに出向いた。その労は報いられなかった。とはいえ、どうしても音質がよくなければと思っているわけではなかった。そこで彼女はインターネットを通じて、できるだけタッチの滑らかさや音の分節性を失わずに弾けるキーボードが市場に出ているかを調べてみた。

彼女がこの十五年来コンサートを断念してきたのは、自分が作曲したピアノ曲をいつでも自分で演奏できる状態にしておきたかったからだった。自分で作曲した曲はつねに自分で録音したいというのが彼女の願いだった――少なくとも最初の録音に関しては、曲のテンポと性格をはっきり示して、そのあとに続く演奏に少なくとも作曲者の意図した曲想が伝わるようにしたかったのだ。コンサートにおいても彼女は人並みはずれた天分を示すことはできた――だからデビューした当初はそれで成功をおさめたこともあったのだ――のだが、同時に彼女は冷たく、頑なで、無気力で、意地悪で、いとわしいところもあった。それで彼女はお祭り騒ぎのようなコンサート巡りの年月から早々と足を洗ってしまったのだ。彼女は教えるのが嫌いだった。テレビカメラの前で演奏するのも嫌いだったし、ラジオ局の薄暗いスタジオで演奏するのも嫌いだった。彼女は自分自身に不安を持ちはじめていた。自分がこの先どうなっていくのか、野次を飛ばされたり、熱狂的な歓呼に包まれたりするたびに、それにどう反応すればいいのか自信が持てなかった。そもそも不安があるからこそ二時間もぶっ通しで集中力を保ち、彼女が常日頃から見たいと思っているような、芸術において忽然と噴出する暴力性を伴う演奏ができるのだとしたら、そういう演奏を可能にするだけの不安を自分が抱えているかどうかさえ自信がなかった。

結局、彼女はひどく複雑なデジタル式のキーボードを買った。ミラノから取り寄せたそのキーボードはとてつもなく軽いもので(配達人が自分で海に面した別荘へと——彼が言うには「海の御殿 palazzo a mare」へと——運び入れた)、たちまち彼女は嫌いになった。

＊

恋人同士はみな不安を抱くものだ。彼女は自分のしようとしていることがこの家に気に入ってもらえるのか、ひどく不安がっていた。工事をするにしても、どこから手をつければいいのかわからなくて不安だった。家の持つ力を損なうことが不安だった。バランスを壊してしまうことが不安だった。がっかりしてしまうことも不安だった。最初にこの別荘を発見したときに感じたほど幸福にはなれないのではないか、と思うと不安になった。

春がこの不安を一掃してくれた。

それは大きな野生のジャスミンであった。

それはバラの茂みであった。

それは無数の、じつに深いさまざまな色の、絹のように美しいアネモネであった。

それはケシの花であった。

彼女はブルターニュの海を思わせる冷たい海で泳ぐのが好きになっていた。

春の訪れとともに海はより温かく、より気まぐれになったが、そんな海で精根尽きるまで泳ぐのも好んだ。疲労は名状しがたい幸福感のような、肉体的陶酔感のようなものを与えてくれるのだった。緑とも青ともつかない海が肩をすべり、首筋をすべり、脚のあいだをすべり、流れと力で彼女を包みこむ。彼女はひたすらクロールで泳ぎ、疲労に襲われるまで引き返すことは考えなかった。疲れたときは仰向けになって夢を見る。そして、仰向けのままゆっくりと帰ってくる。ときには軽く姿勢を変え、岩にぶつからないように抜き手で泳いだ。

第七章

老婆は屋根付きのバス停のなかで立ち止まった。

そのまま動かない。

白いプラスチックの座席に買い物袋を置いた。

死が近づいてきた人の筋肉は急に力を失う。まなざしは逃れ去る。

老婆は片手に花束を持ち、もう一方の手にハンドバッグを持っている。そのハンドバッグ自体、奇妙な具合に黒い網でできた買い物袋のなかに滑りこんでいる。その老婆に小声で呼びかける。

「ママ！」

「エリアンヌ、おまえかい！」

イデルシュタイン夫人は顎をしゃくって花束を示した。

「おまえのために買ってきたんだよ」

「ありがとう、ママ」

五月なのだ。

アン・イダンは帰っていた。

「手伝っておくれ、娘や」

二人はブルターニュの風に抗いながらうつむき加減で歩いていく。

一方はハンドバッグと花束を持っている。もう一方は旅行鞄とパンの飛び出した買い物袋。

＊

アンは母親の買い物袋を流しの上に置く。錫の花瓶に水を入れる。そのときロケットがぶつかって、アルミの縁のところでぱっくりと口が開いた。

そのロケットを着ているベストのポケットにしまった。

腕が痛むためにキッチンのドアの前でコートを脱げずにいる母親の近くに駆け寄った。

彼女の母親は痩せた。ブラウスの短い袖から出ているのは細くて長い腕、葉の落ちた枝のような骨のまわりに浮いている皮膚だ。

「なぜ今になって、おまえはひとりなの？」母親は出し抜けに娘に言った。「私にはおまえがわからないよ」

「あのね、ママ、大事なことは私が私を理解するってことなのよ」

だが、最後に言い負かすのはいつも母親なのだ。彼女はレンズ豆をうるかしていた冷たい水のたっぷり入ったスープ鉢を移動させた。そして言った。

「自分のことなんか誰にも理解できませんよ、エリアンヌ」

「あら、お母さんだってひとりじゃないの？　四十年間ずっとひとりだったんじゃないの？」

アンは意地悪く言った。

「いいえ、私はひとりで生きているわけではありませんよ。私は結婚しています。夫を待っているのよ。でも、いずれにせよ、よくお聞き、待っているか待っていないかは別として、私は自分で自分が理解できるなんて主張したりしないわ」

＊

再会するたびに、いつも同じことになるのだった。母親の隣に一時間もいると、もう耐えられなくなってしまうのだった。

パリの家の売却は五月二十日に決まっていた。アン・イダンは旅のついでに母親のところに数日立ち寄ったのだった。ジョルジュ・ルールは彼女をブルターニュまで送ろうとはしなかった。彼は空港まで迎えに行った。そしてモンパルナス駅まで付き合った。駅から百メートルほど離れたところにある、大通りに面した魚専門のレストランでいっしょに昼食をとった。彼はどうしても自分が幼年期を過ごした場所には戻りたがらなかった。

「おまえの恋人が電話してきたよ」

「あら！」

「おまえのアドレスを知りたがっていたよ」

「それでどう答えたの？」

「ありのままを言ったよ。私も知らないとね。だってそうでしょ。私にさえ住所を教えてくれないんだから」と彼女の母親は念を押した。

「ママ、もう一度繰り返すけど、私には住所がないの」

「そんな話、誰が信じるもんですか。でも、まあ、好きにするといいわ。あんたの恋人はこうも言ってたよ。「まさかこんなことになるとは」ってね。「まさかこんなことになるとは思ってもみなかったんです、マダム。本当なんです、マダム」って繰り返していたよ。電話口で泣いてたよ。聞いてられないほど悲しい話だった」

「きっと彼の目が洗われて輝くわ」

「まあ、なんてこと言うの！」

「きらきら輝く目で、自分の人生の根本をもっとしっかり調べてみるといいんだわ」

「あんたってほんとに不愉快な娘《こ》ね！」

＊

彼女の母親は大人げなく怒った。

キリスト昇天祭の日のことだった。

マルト・イデルシュタインはなんとしてでも娘を連れてミサに行きたいと言い張った。

「私にはもう信仰がないのよ、ママ」

「私といっしょに五百メートル歩いて、四十五分間私の隣に座っていることができないわけないでしょ？」

「もちろんよ、ママ」

「だったら来なさい！」

「でも、それって馬鹿げてるわ、ママ。行きたくないって言ってるじゃない。そういうことがいちいち鬱陶しいのよ」

「それじゃ、私は苦もなくこういうことをやってるとでも言うの！」

「でも、ママ、幻想の火は消えてしまったのよ。もう私はお祈りもお参りもしていないし」

「その重い腰を上げることとくらいできるでしょ」

「むり」

「少しお祈りするくらい、どうってことないでしょ」

ついにアンはやむなく折れた。

それから銀の握りのついた杖を捜さなければならなかった。彼女の母方の祖父から贈られたもので、家の中にしまい忘れてしまったのだ。そして親子二人そろって教会へと出かけていった。

村全体が、ゆっくりとした足取りで通り過ぎていく二人の姿を見つめた。

老イデルシュタイン夫人は、アンがその頭にかざす雨傘の下でよたよたと歩いていた。

教会に到着し、席に着くと、彼女の母親はハンドバッグの中から自分の祈禱書だけでなく、あたかも娘がまだ十二歳であるかのように、忘れずに持ってきた娘用の祈禱書も取り出すのだった。

そして、あたかも娘が十二歳であるかのように、その日に読む祈禱書のページをわざわざ開いてやるのだった。

実を言うと、アン・イダンにとって、それはもっけの幸いだった。

彼女はミサのあいだじゅう、祈禱書を覗きこんだまま目を上げなかった。

昇天祭は出発に捧げられる祭りである。

神は言う、私は父のもとを離れてこの世にやってきたが、今はこの世を捨てる、と。

男はこんな声が聞こえてきたように思った。立て、進め。お前の家を出て、私がおまえに指し示す場所を探し求めに行け、と。

彼は出発した。

彼は大地ではない別の大地にその顔をさらしに行った。

*

「エクソメディーヌ、トランスキュタネ、ニューロフェン、リュザンクシア、トコ500」

「こんにちは、ヴェリ」

「こんにちは、エリアンヌ」

アンは教会を出ていた。ヴェロニクは薬剤店を助手に任せた。二人は、イデルシュタイン夫人が待っている港のカフェへと向かった。

「トマから電話があったわ。あなたたちの喧嘩には困ったものね」

「私からあなたにその話をしてはいないと思うけど」

「彼とちょっと会ったのよ。あなたから彼に連絡したほうがいいんじゃないの。少なくとも一度ゆっくり二人で話し合ったら」

アン・イダンは答えなかった。

「彼、あの女とは別れたんだって、あなた知ってる?」

「そんなこと興味ないわ。好きなようにしたらいいじゃない。私は何も求めていない」

「喧嘩をやめなさいよ」

「いいえ」

「私はあなたの友達よ」

「いいえ、あなたが今みたいな話し方をするときは私の友達じゃないわ。いずれにせよ、どうしてだかわからないけれど、あなたが嘘をついているという気がするの」

*

その頭が乱調を起こす日もあった。

母親がキッチンからほとんど出なくなってしまうのだ。八十六歳だった。とても軽いチューブでできた折り畳みの椅子のなかで丸く縮こまったままになってしまう。まるで茂みのなかで震えている兎のように。

ある種の動物が自分の捕食者や同類や競争相手の目をごまかすように、自分の大きな耳だとか、隠れ蓑でおおい、自分を植物に似せたり不動の姿勢を取ることによって、死神を惑わそうとしているのだった。

マルト・イデルシュタインは、娘にしか聞き取れない声でつぶやき続けていた。

「十部屋もあれば、私ですら家の中で迷ってしまう。何をどこに片付けたものやら。ずいぶん昔のことだもの」

いきなり大声をあげることもあった。

「エリアンヌ！　エリアンヌ、あんたのお父さんのベッドが盗まれていないかどうか見てきておくれ！　エリアンヌ、ランスのおばさんの食器棚がどこにあるか、知ってるかい？」

*

彼女は年老いた母を腕で抱き上げた。すっかり小さく軽くなっていた。皮膚が骨から垂れ下がっていた。目は子供の目に戻っていた。

母親は明らかに何かを話そうとしていた。顔と髪と手の動きで何かを伝えようとしていた。

だが、あきらめた。

自分が何を言おうとしていたのか忘れたのだ。

その肉体はより短く、より軽くなっていた。今では大半の時間を椅子のなかで過ごしていた。

首のない顔を娘のほうに向け、目を大きく見開き、不安そうに身を乗り出していた。

右手を回すと、指にはめたエメラルドの指輪がくるくると回転した。

母親は何かを待っていた。母親が誰を待っているのかは、言われなくてもわかっていた。この待機に応じられるのはアンではなかった。母親の目から注がれる視線に彼女は応じることができなかった。そうしようとさえ思わなかった。そのことを考えないようにしているのだ。彼女は立ち上がる。

「ママ、パズルでもしようか?」

「けっこうよ、娘や、これ以上子供に逆戻りしたくないからね」

*

午前六時十五分前。太陽はすでに空に輝いている。彼女はせめて母親にさよならを言いたかった。「早すぎる」と彼女は思う。「まだ寝ているわ」彼女は静かに居間のドアを開ける。だが、母親はすでに着替えていて、ベッドの上に座っている。にこやかな顔ではなかった。顔を娘のほうに向けることさえしない。

「私、行くわ」とアンは言う。

母親はこくりとうなずく。

娘は身をかがめてキスをする。

母親は顔を引く。

「電話するわ」アンはキスをせずに言う。

だが母親は肩をすくめる。涙がアンの目頭にせり上がってくる。母親は言う。

「エリアンヌ、列車に遅れるよ。行きなさい」

「ママ、朝食を持ってこようか？」

「行きなさいって言ってるでしょ。私のことは見捨てるといい」

第八章

モンパルナスの駅には午《ひる》近くに着いた。そのまま地下鉄に潜りこむと、かつてのわが家に向かった。空っぽの、よく響く、沈黙ではちきれそうな家に。

久しぶりで見る家は、後悔ではちきれそうになっているようにも思えた。

しかも、臭いがひどかった。

しかも、黒い埃の薄い皮膜に包まれていた。

三ヵ月が経過していた。門扉の向こうの小さな庭には、おずおずと春が訪れていた。彼女はすっかり干からびた庭に水を遣った。郵便局の私書箱には行かず、この家の郵便受けに届いたわずかな封書を取り出した。それから八区の公証人のところに出向いた。彼女は本名でサインすると、鍵を向こうに渡し、自分宛の小切手を受け取り、自分の世界に別れを告げた。ジョルジュはサンスの駅まで迎えに来てくれた。そのまま真っ直ぐテイイの港のレストランに行き、そこで夕食をとった。ジョルジュはすっかり見違えたと言った。彼女は痩せ細っていた（だが彼のほうはこの二ヵ月でもっと痩せていた）。その夜、彼女は黒いウールのケープに、ゆったりと腰周りで動く灰色の絹のスカート、そして灰色の小さなアンクルブーツをはいていた。

彼女はもう気楽には話せなくなっていた（牛肉に賽の目のビーツ）。

彼女のなかでは以前よりはるかに警戒心や礼儀や恐れや慎みの念が強くなっていた。あまりにひとりでいすぎたのだ。

たぶんイタリア的になりすぎたんだね。彼はあえて彼女にそう言ってみた（カワメンタイにレタスのクリームスープ）。

彼女は返事をしなかった。

二人は歩いて帰った。

彼女はジョルジュに銀行小切手を渡した。彼はどちらかが死亡したときのために、オーセール支店で委任状を二人の共通口座に変換すべきだと意を決して言った。

彼女は笑い出した。

「アンヌ＝エリアンヌ、僕らは同い年なんだ」

「ブラボー」

「僕が年とれば、君も年とる」

「あなたの言っていることはいかにも真実味があるわね」

「いっしょに年をとろう」

「あなた、どうかしてるわ」

「僕のベッドに来いと言っているんじゃないよ」

「私はそう思ってる」

「結婚しよう」

「いやよ」

＊

ジョルジュは実は病気だった。彼女がそれを知ったのは、玄関の大きな筆記用具入れの上に置いてあった病院からの手紙を不躾にも読んでしまったからだった。彼女はそのことについて彼から詳しいことを聞き出そうとした。彼は否定した。いずれにせよ、彼女は自分のイタリア行きについて秘密にしてくれたことを感謝した。

「君はそれを疑ったことがあったの？」

「ええ」

「それじゃ友達じゃないな」

「私は男を信用していなかったし、あなたも男だったから」

「僕は男だった、か」

そう言うと、彼は泣き出した。

ある夜、ジョワニー方面に向かう道沿いにあるレストランでのこと、彼が自分の健康のことについても、自分自身のことについても、これからの時代についても話題にしたがらなかったので、彼女は島について、海に面した別荘について、すばらしいテラスについて、アマリアというサン・アンジェロの農婦について、美について話をした。彼はいつ来られるだろうか？

彼女は彼のためのベッドも用意していた。

ジョルジュ・ルーランジェは来月には島に行くと約束した。

＊

「春の大掃除ですか？」

ドロール氏はうなずいた。

すべてが玄関前とヨンヌ川の岸伝いの舗道の上に出されていた。箒、梯子、雑巾の入ったバケツ、スポンジの入ったバケツ、漂白剤《ジャヴェル》、サン・マルクやムッシュー・プロプルなどの洗剤。

彼女はラッキーストライクのカートンを手にして、ソレックスを小さな前庭に入れた。

＊

ヨンヌ川を前にしてアペリティフを飲むのにちょうどいい日差しが注がれていた。ジョルジュはこうしてまたアンと二人きりで芝生の端に座り、グンペンドルフの小屋と黒い小舟、その影に隠れている生まれたばかりのアヒルの子を見ていることに幸福を感じた。そのとき面白いことが起こった。二人は話すこともなく黙って、穏やかにアペリティフを飲んでいたが、そのとき突然、大きな鶫《つぐみ》がジョルジュのほうに寄ってきて、彼のはいている靴の爪先をいきなり突いたのだ。

大きな鶫は動かなかった。

ジョルジュも動かなかった。

大きな鶫は四度鳴き声をあげると、飛び去った。

アンは圧倒された。

「これは兆しだわ」と彼女は言うのだった。「そう、兆しよ！　吉兆よ、ジョルジュ！」

彼女は金曜の夕方にまた旅立った。

第九章

島は霧の中から忽然と姿を現した。重々しく、魔法のように。彼女は死を避けていた。母親を避けていた。ジョルジュを避けていた。彼女はいまだ不便なところの残る家に腰を据えた。朝はセーターを一、二枚ひっかぶり、夜明け前の灰色に包まれたテラスで朝食をとった。小さな黒い松の向こうに陽が昇り、その日最初の光線が、ときに青白い黄金色に、ときにキューピッドのほつれ毛のように白い光線が輝くのを眺めた。

やがて最初の青が現れる。

そして海からその身を引き剝がす光の荒々しく速やかで峻厳な出現。

彼女は山の頂上に立って、とてつもない空しさ、悲哀、使い道のなさを感じるところから始めた。

ホテル暮らしは、部屋を空け、外に出て、急いでまた戻ってきては着替え、夕食のために下に降り、挨拶し、愛想笑いを浮かべるといったことを繰り返すという意味では、肉体を鍛えてくれる。しかし、彼女は徐々に自分を取り戻していった。自分の書いた譜面を何時間もぶっ続けで読み、われを忘れ、そうこうしているうちに譜面が植物や雲や波のようにしだいに立ち上がってゆくのを目の当たりにする楽しみ。男なしで暮らす自分。とくに身支度はしない、顔を洗う必要もないし、入念に趣味のいい服を着る気遣いもいらなければ、化粧も髪を整える必要もない生活。どっと椅子に倒れこみ、上等の煙草に火をつけ、目を閉じたところで、誰も大騒ぎするわけでなし、遠くでぶつぶつ言う人もいなければ、近づいてきて話しかけ、過ぎ行く時や日にちや時刻についてあれこれ言って、悩ませる人もいない。

彼女のベッドからは入り江が見えた。

書棚とベッドは右手の窓の近くに置いた。ベッドの背は書棚にくっついていた。かなり背の低い、古いフロアスタンドがちょうどよい光を投げかけてくれた。彼女の仕事と指先だけをすっぽりと照らし、それでいて頭が熱くなるわけでも、目にまぶしいわけでもなかった。

書棚はまだ空っぽだったが、インターネットでの注文、プリントアウト、切り抜きなどがたまれば、すぐにいっぱいになるだろう。

じきに、自分の作曲するミニマルな歌曲に没頭するようになれば、彼女は入り江に目を向けつつ――それが目に入らなくなるだろう。

夜も昼も入り江に目を向け、それを見つつも、内部世界しか見えなくなってしまうだろう。

彼女は入り江を聞き、それに同化するのだ。

左側には、フィロッセーノの村の広場で買った本棚があって——フランスやイタリアの、どれも傲慢で暴力的、死臭と政治臭と誇張と宗教と弔いを満載した雑誌がすでに何冊も並んでいた——、そこに彼女はお茶を置いていた。

*

テラスの上は、葉っぱ、花々、鉢、受け皿、テーブル、枝などで水晶のようにきらめいていた。

彼女は果物を盛り合わせたコンポートやタルトの容器や小皿を載せた盆を持ってきて、ちびちびつまみ食いをしていた。

ナポリ湾の光はおそらく、この世で見ることのできる光のうちでもっとも美しい光だろう。すべてに海の匂いがあり、海に似て、たえず遠くで小さな波が目覚め、光の満ち干があり、庭の土はその光によって再び新鮮になり、鋤が入るたびに、驟雨が来るたびに、短い茶色と黒の小さな波となって掘り返されるのだった。

海の真ん中で暮らしている印象を与えてくれるこの場所に、彼女はすっかり惚れこんでいた。この自然の断片を大切に手入れした。そこで育ち、そこに押し寄せ、そこで繁殖する生命を気遣い、せっせと世話をした。夜、異様だと思える音が聞こえてくると、どんなに小さな音でも起きて身構えた。この帯状の土地と、この細長い別荘を彼女は汲々として保持していた。

＊

夜明けが来るたびに、彼女は和まされた。

それを眺めるために、大きな白のソファ（それを彼女は「ジョルジュのベッド」と呼んだ）を置いた。

最初の居間の暖炉の前には、色あせた青の、古くて馬鹿でかい、しかもただ同然で買い入れた（あまりに大きすぎて売値のつけようがなかったのだ）カーペット。

厨房の暖炉の前には、十脚の椅子に囲まれた美しいテーブル。

＊

日曜日、ミサが終わった頃を見計らって母親に電話してみたら、ひどく侮辱されたので、乱暴に電話を切った。さっきミクロタクシーに乗ってイスキア・ポルトの港で受け取ってきた何冊かの本を彼女は片付けはじめた。本棚の一番高い棚まで手を伸ばし、大判のオペラの本を入れようと爪先立ち、さらに棚の奥深くまで押し込もうとしたとき、彼女はいきなり床に倒れた。

倒れている彼女を発見したのはペンキ屋だった。

彼女は気絶していた――たんなる気絶ではすまされなかった。ナポリの病院に二週間入院する羽目になったのだから。その病院には情け容赦のない老人しかいなく、友達をつくる術もほとんどなかった――ただし、ドイツ人の医者（レオンハルト・ラドニッキー）だけが例外で、この人はものすごい音楽好きで（別れたイタリア人の妻はけっこう有名なオペラ歌手だった）、彼女が作曲家であることを知っていたし、彼女のディスクを絶賛し、かいがいしく治療してくれたおかげで、彼女は快復したのだった。

彼女はひたすら帰ることしか念頭になく、アマリアの別荘をまた目にしたいという強迫観念に取りつかれていたので、ラドニッキー医師を困らせたし、医師のほうもいささか過剰なほど彼女を家に帰そうとしなかった。

最終的には、ムーア・ホテルに部屋を取るならイスキアに戻ってもいいという許可を出した。もちろん一時的な措置だ。病後の静養が必要だし、分析を補ったり、掘り下げたりすることも必要だから。

医師はまた、彼女が入り江でひとり泳ぐのも禁じた。

彼女がアマリアの別荘に帰るのは日中だけだった。電気工事と左官の作業は終わっていた。

それに続いて建具屋とペンキ屋の作業も終わろうとしていた。職人たちが出ていくと、彼女はテラスに残って本を読んだ。陽が落ちると、そこから百メートルくらいしか離れていないホテルに向かうのだった。

第十章

ムーア・ホテルのフロントの右手には広大なロビーがあった。ロビーは三つの部分に分かれていた。一つはバーのある大ホール、ピアノがあって、革張りのゆったりした肘掛け椅子と低くて小さなテーブルがたくさん並んでいて、いつもたくさんの客のいる、いわゆるピアノ・バーだった。

それから照明を落とした読書室、火を焚くことの許されていない美しい十八世紀の暖炉と灰色の大きな肘掛け椅子が並んでいる。

最後にかつての遊戯室、その中央に置いてあるビリヤード台のクロスは、とても古くとても美しい寄木細工の二枚の扉式の蓋で覆われていて、周囲にはムーア風の革のクッションスツール数脚と、多少埃っぽいものの見るからに快適そうな長椅子が置いてあった。そこに足を向ける客は絶えてなかった。彼女はそこでひとりアペリティフを飲んでいた。ガラス窓がブーゲンビレアと藤の花に覆われているせいで部屋はかなり暗く、――雨の日ともなると――どちらかといえば鬱陶しくなった。そこは安らぎと――夏は――涼を与えてくれる部屋だった。

金曜の夜、ラドニツキー医師がそこにやってきた。

週末、ナポリにひとりだけになると、よくこのホテルに泊まりに来るのだと彼女に言った。そういうわけで、あなたには休息が必要だと判断し、このホテルの所在地を教えたのだと説明した。彼は海釣りが好きなのだった。目下、ヴィヴァーラ島とプロチーダ島のあいだの、ペトロニウスと呼ばれる岬のあたりでダイビングを計画しているのだった。

寄木細工の扉でおおわれたビリヤード台いっぱいに広げた地方全域の地図に彼は身を乗り出していた。

この地図には人の出入りできないような険しい入り江から、島のどんなに細い道までも記されているのだった。

彼女は青い屋根の家がある位置を指でさし示した。

「ここよ」と彼女は言った。

「それで、どうなの？」

「天国にふさわしい土地ね」

彼女は細い山道の先の小さな黒い四角を指さした。突然、彼女は彼の肉体を、自分の間近に存在する男の肉体を感じた。

「実際は青いわけだ」

「モリナの頂《プンタ》の前。ネウジ・ボッジ山荘の前」

「沿岸沿いの大通りを経由しないと行けないね」

「そんなことはないわ」

「だって、ごらんよ！」

彼女は寄木細工の板の上でランプを引き寄せた。そのとき男は、嬉々として地図に見入っている女の顔をまじまじと見つめた。彼はまた身をかがめた。その島は青色で囲まれていた。額と額が触れて、二人は見つめ合った。

＊

二人はいっしょに夕食をとった。明後日の夜はとても重要な日なんだと彼は言った。彼の妻がニューヨークから娘を連れてくることになっているという。彼は不安がっていた。

「名前はなんていうの？」

「マグダレナ」

二人はいっしょにレオンハルトの部屋に上がった。

暗いテラスに出ると、彼女はレオ・ラドニツキーにこう言った。

「私のなかには受身の強情さがあって、それが私の人生を不幸にしてきたの」

「受身の?」

「そう。理解しにくいでしょうけど、私はそう考えているの」

「それでもあなたは自由なひとり身の女で、とても美しいものを創作してきた……」

「創作なんてほとんどしてないわ。それにひとりになったのだってつい最近のことだし。私は私を愛してもいない男たちを相手に時間を浪費してきただけ。あなた、離婚したの?」

「そう」

「付き合っているひとは?」

「いない」

*

翌日、二人はボートでプロチーダまで行った。

前日彼が言っていたように、ペトロニウスの洞窟と呼ばれる場所でダイビングをした。

彼は自分の目の届く範囲でなら、泳いでもいいと彼女に許可を出した。彼らはその日ずっといっしょに過ごし、二晩をともにした。彼女は自分の家を彼に案内した。

第十一章

「そうじゃないの、音楽に関して、子供の頃に雷の一撃を受けた経験があると言おうとしているのではないのよ。天賦の才ということでもない。それよりずっと恐ろしいことだったし、私はあまりに幼すぎて、天賦の才なんて問題になるわけがなかった。むしろパニックの目眩のような感じに近かった。私の父は音楽家だった――とはいえ父に関係していたというわけでもない。不安に包まれてしまうような感じだった。突如として感情の渦に呑みこまれてしまうの。浮上できなくなるのね。ひたすら沈むの。取りつく岸辺もない。バランスを取り戻せなくなるの。激しい恋愛をすると、そういうことがあるでしょ。私にとってはそれが定義なの。そんな目眩を感じたことある？　それは兆しなの。深淵があって、ぱっくり口を開け、ほんとに吸いこまれてしまうのよ。一度だけ、身も心も徹底的にうちのめされる感じを経験したことがあるわ。まだほんの子供だったのに。正確に何歳だったか憶えていないけど。まだ字が読めなかったころよ。

私たち二人の子供は、私の祖父のいる階に上がってはいけないことになっていたの。私の祖父というのは、私の母の父親のことよ。ほかの祖父は知らない。

私は階段を上がり、黒い板敷きの廊下を進んでいった。その動機がなんだったのか、何に挑戦しようとしていたのかも憶えてないけど、私はドアを開けた。四人がそろって演奏しているところだった。ものすごい音量だった。海の音よりも大きいくらい。こんなに大きい音をそれまで聞いたことがなかった。それぞれが自分の近くに燭台を置いていた。目の前にはそれぞれ木の譜面台が立てられていた。私の祖父は愛用のヴァイオリンに顔をくっつけていた。四人のなかではいちばん老人で、目を閉じたままだった。私の父は——多才な人だったわ——どんな楽器でも弾くことができた。そのときはヴィオラのパートを受け持っていたのだと思う。誰も私が入ってきた音に気づかなかった。信じられないほど速い曲が演奏されていた。今になって思えば、あれはシューベルトだった。

とても美しい若い女性が私の面前で目を大きく見開いてヴァイオリンを演奏していたけれど、私のことは見えてなかった。私に向かって微笑みかけてきたけれど、私のことは見えてなかった。

それはあまりに大きな、立ちくらみするような、とどまるところを知らない、むしろ増大するような悲しみだった。

子供にとって大きすぎる悲しみなんて存在しないのかもしれないけれど、やはりあまりに大きな悲しみというしかない悲しみがあるのよ。子供が最初に経験する恐怖、いわば初刷りの恐怖、それまでの経験には対応するものがなくて、その後の歩みにおいても出会うことがない恐怖というものがあるのよ。最悪の事態。底知れない恐怖。

私はドアに背中をつけて、床にぺたりと座りこんでいた。全身に鳥肌が立っていたわ。ほとんど生えてもいないような子供の産毛までが逆立っていた。私は震えていた。幸福とか不幸とか、そういうものではなかった。心理学的なことではなかった。なんでこの身体が震えていたのかわからない。私は最後まで四人の演奏を聴いた。すべてが終わり、みんなが黒い箱に楽器をしまっているあいだ、私は祖父に歩み寄り――耳もとでささやくようにして――、あの人たちが演奏しに来るときはまた聴きに来てもいいかと尋ねた。

――今日みたいに部屋の隅でおとなしく座っているのであれば、もちろんかまわないよ、エリアンヌ。

祖父が目で他の演奏家の同意を求めると、彼らはうなずいて同意した――私の父は肩をすくめたけれど。

四重奏の日が来ると、私は時間前に祖父の書斎に上がっていった。そしてドアの近くに腰を降ろした。

彼らが入ってくると、もちろん私の姿は見えるのだけれど、見て見ないふりをするの――そこには、どことなく中国風の黒檀の四角い本棚に隠れて、暖房の煙突の近くの壁にもたれている少女がいるわけ。私は棚を埋めつくしている絵画の複製や音楽家や大人たちの写真、ありとあらゆる種類の本を見つめているふりをしていた。彼らはまず祖父のデスクを移動する。そこに椅子と譜面台と譜面を置く。すると急に彼らは押し黙る。そして突然、音楽が立ち上がる。あまりにもくっきりとした音楽が。ディスクで聴くよりはるかに大きな音、往々にして機械を通して聴くときは、感動を弱めようとして音を小さくして聴くことが多いから。毎度、私の喉は締めつけられ、鳥肌が立ち、心筋が震え、思い切り泣きたくなって、どうやって息をしたらいいのかわからなくなり、沈没してしまったの」

＊

「こうして私のなかに内部世界が開いた。この暗い開口部を通じて、私の肉体は移動し、この世を離れ、外部空間から離れていく癖がついたのね」

＊

「小曲の場合には、ときにはとても美しかった。
苦しみが鮮烈な美しさと交じり合うことがあった。

私は身動きできなくなり、生きていけなくなった。

子供は美によって痙攣するところから始まるのよ。美による痺れ。美のなかで息絶えるの」

＊

レオンハルト・ラドニツキーの言。

「私の娘のレナが音楽を好きになるかどうかはわからないな。私はオペラが好きでね。夜はヘッドフォンをかぶって、オペラのアリアを歌ったり聴いたりするんですよ。音楽そのものより、声が好きなんだな。あなたは歌いますか？」

「いいえ」

「歌わないにしても、あなたの声の高さと響きが好きだな。娘の母親は歌い手なんですよ。少なくとも昔は歌い手だった。私は彼女の声が好きだった。彼女を愛したのはあの声のせいだ」

「今でも愛してるの？」

彼は躊躇した。

「ええ。いくらかは。出て行ったのは彼女のほうだから。レナは明日、彼女のところから帰ってくるんです」

「私、ほんとうに思うの、音楽というものは何よりもまず、すべての幼い子供たちに対して、彼らに先立つ聴覚のせいで、彼らがこの世に出てくる前に働いている聴覚のせいで、彼らを破滅させてしまうのよ」

「彼女は明日帰ってくるんだ」

「あなたの小さな娘さんが帰ってくるという話を聞いたのは少なくともこれで二度目だということを申し上げてもいいかしら?」

「三ヵ月はこっち、三ヵ月はあっち。そういう裁定が出たんです。二歳と三ヵ月の幼い娘をひとりで育てる力が私にあるかどうか。正直、怖いんですよ。だからこうやってあなたに話しているんだ。彼女を育てられれば、こんなに幸せなことはない。彼女に会いたいですか?」

「喜んで」

「すぐには来ないで。明日は来ないで。あさってもだめ……」

「まったく行かないことだってできるんですよ」

「どうか、気を悪くしないで。木曜日に来てください」

*

ところがなんと、レオンハルト・ラドニツキー医師は身体的な数々の不安や家族問題を抱えているせいか、自分の職業上の制約に対してはひどく寛大で、突発的な欲望を感じたり、ふとうまいものが食べたくなったり、即興の遠出やダイビングなどをしたくなると惜しまずその快楽に没頭するのだった。

＊

アンからヴェリに。

「惹かれた男の腕に抱かれても、ますます手ごたえのない快楽しか感じられなくなってきたわ」

＊

不安まじりの哀れな発熱。

彼女が求める男たちは、いまや夢のなかの人物と化していた。移動するにしても、彼らはまるで夢のなかにいるようにふわふわ浮いているのだった。数少ない生き生きとした男たちを、かつての彼女なら、泰然自若としていることや寡黙であることや、極端なほど慎重な態度となって自分の周囲に発散している秘密を持っているかどうかで判断していた。でも、今はそんなものを信じていなかった。いまや、彼らの足が地面と接触するときの動作や目を大きく見開くときの独特のしぐさでしか判断しなくなっていた。

第十二章

彼は四番地に住んでいた。その通りに足を踏み入れる前から、彼女は早くも、わが身に何かが起こると予感していた。そのくせ、自分自身に対して素直になろうとしていたのは、ラドニツキーに対して友情しか感じていなかったからだった——あくまでも性的な友情であって、愛ではないことを彼女は知っていたし、自分をわきまえてもいた。それはともかく、数時間後に何かが起ころうとしていたのだった。心臓が締めつけられる感じがあった。いつにもまして背筋を伸ばしていた。化粧をしていた。とても美しかった。すでにナポリで父親のために大きなユリの花束を買い、娘のためにはチョコレートを買ってあった。二十時、彼女は玄関の呼び鈴を鳴らした。二歳の女の子が素足で迎えに出てきた。こっそりと爪先立って背伸びをし、大きな黒い目で見上げる様は、まるでおとぎ話のお姫様のように美しく、ブルジョワの大きなアパルトマンのなかに客を招き入れながら、アメリカ英語のまじった片言のナポリ訛りのイタリア語で話しかけてくるのだった――アンは最初は一言もそれを理解できなかった。

二人が入った客間は棚におおわれていて――どの棚にも本は一冊もなかった――、数百枚もの古い写真が並べられていた。

壁は青かった。

窓辺は白いゼラニウムで縁取られていた。

電気式の白いグランドピアノが一台置いてあった。

「あなたのうちはきれいね」と彼女は言った。

「わたしのうちはきれいよ」

「どこにも白いゼラニウムがあるのはおもしろいわね」

「うん。ゼラニウムはおもしろいよ」

白い花に光が射していた。釣り船の船体と同じように真っ青な壁に花びらが反射していた。

「私の名前はアンというの」と彼女は言った。

「わたしはマグダレナ。ママはマグダと呼ぶけど。パパはレナと呼ぶわ」

「私はどう呼べばいいの？」

「パパみたいに呼んで」

大至急病院に戻れという電話があって、彼女の父親は不在だった。彼女のお守りをしている二人のナポリ女は続けざまに夕食の支度をしなければならないので、台所に戻っていった。

そのうちの一人がユリを生けた花瓶を抱えて急に戻ってきた――そして来たときと同じように唐突に部屋から出ていった。

マグダレナはすっかり硬くなって、両膝を閉じ椅子の背に沈みこむような姿勢で座っていた。アンはどうしていいかわからなかった。立ち上がり、電気ピアノに歩み寄り、鍵盤の蓋を開けて音色とタッチを調整した。彼女は子供にピアノを弾いてやった。子供はあんぐりと口を開けて、彼女の演奏に目を凝らしていた。

「もう一回」

少女は揺れはじめた。

「もう一回」

彼女はキッチンで食事をしたがらなかった。ピアノの前で食べさせるしかなかった。

アンは演奏を続けた。

少女は寝に行くのもいやがった。

これはかなり恐るべきことだった。アン・イダンが演奏をやめようとすると、このいささか悲劇的な幼い子は――まだ乳幼児なのに――目に涙を浮かべるのだった。

レオンハルトが帰ってくると、すぐに幼いマグダレナを寝室に連れていった。

幼児はアンを求めた。

「どうか大目に見てやって」と彼は言った。「寝る前のキスをねだっているんですよ。彼女の母親も音楽家だから。あなたを見ると母親のことを思い出すんだろうな」

「彼女の母親もピアノを弾くの？」

「ひどく下手だけどね。弾くのは僕だ。夜、目が冴えて眠れないとき、ヘッドフォンをかぶって弾くんだ……。アン、こんなことをお願いして申し訳ないが、寝る前のキスをしてやってくれないか」

アンは立ち上がった。

彼女は少し開いたままになっているドアを押し開けた。さっき弾いてやったルーマニアの歌曲のひとつを幼児の頬に口を近づけて歌ってやった。彼女はそのまま子供のベッドの傍らの、床の上に腰を降ろした。幼児特有のミルクとクリームと練り粉の混じったような匂いをかぎながら、たんたんと歌を口ずさんでいた。マグダレナは突然眠りに落ち、大きな寝息を立てはじめた。

第十三章

自分たちの肉体から生まれる静寂のなかで、二人は生きていた。ラドニツキーの娘はアン・イダンの肉体を取り巻いている静寂、あるいは謎めいた同伴者というべきその静寂が――おそらくは音楽よりも――好きになっていた。二人の周囲、二人の脚の周囲、二人の腹の周囲、二人の上半身の周囲には、前に進むにつれて、光と静寂が神秘的に増幅されていくのだった。二人の存在感があたりに及ぶと、その分だけ物音は弱まっていくのだ。猫科の動物の周囲にも同じことが生じる。それはいかにも不思議なことだった。

幼いレナは彼女が終始自分の横にいることを望んだ。

ふつうは二歳を過ぎれば、子供はすらすらと正確にしゃべりはじめるものだ。

マグダレナはうまくしゃべれなかった。それは母親からの連絡を待っているからではないかとアンは考えた。

「連絡だって？」レオンハルトは聞き返した。「でも、別れてきたばかりなんだよ！」

「そう、連絡よ。安心とか。その種のものね。こういうことには詳しいのよ」

「電話してみるけど、気が進まないな。なにしろ僕に回ってきた最初の四半期だからね。彼女の母親にそんなこと訊きたくないな。彼女は娘を取り戻そうとするに決まっている。どんなことだって娘を取り戻す口実になるんだから」

結局彼は電話しなかった。

「それは違うわ」とアンは繰り返した。「ちょっと電話するだけじゃない」

幼い娘の顔はノスタルジーそのものだった。アン・イダンは、ラドニツキー医師の家で別れた妻の写真を見ていた。彼女はすでにアメリカ人の指揮者と暮らしていた。

幼いレナ（マグダレナ・パウリーナ・ラドニツキー）はひとりでこの愛を発見し、ひそかにこの愛に順応していたのだった。

アンが彼女のために、ピアノでブルターニュの古い童歌やカトリックの賛美歌やルーマニアの歌曲を弾いてやるたびに、熱のような、ほとんど熱狂のようなものに彼女はとり憑かれてしまうのだった。

それから、島の上に建つアマリアの別荘の、そのテラスの上にレナを招き、春の訪れを、最初の葉音を、太陽を寿ぐ鳥たちの歌を、夜の風を、ときには遠くから聞こえてくる様々な声を、断崖の下で砕ける磯波を聞かせてやった。

まずは聞こえてくるものが何を意味するかに子供の耳を慣らしてやる必要があった。

それから、いつもよりゆっくりと、言葉を使って、最初は理解しがたい時間の交響曲を空間のなかに編曲することを教えてやった。

「というのは、自然のなかにあるものは、鳥たちも、潮の満ち干も、花々も、雲も、風も、星たちの運行も、すべては時間に向かって自分の時間を告げているのよ」と彼女はレナに説明するのだった。

レナは唖然として、自分の新しい友達がささやきかけてくることをそのまま呑みこんだ。

こうして何日かすると、彼女は山の上のすべての場所を、家の周囲のすべての生命を音で判断するようになった。

＊

大きなタイル張りの床の上に四つんばいになり、頭を前にもたげ、口をぶんぶん唸らせながら、彼女は小さな消防車と救急車の列を暖炉のほうに進ませていた。

アン・イダンは色鮮やかな音板の並んだシロフォンをプレゼントしたが、マグダレナはそれに触ろうともしなかった。

＊

ある日、嵐になった。二人はラドニツキー邸のバルコニーに出て、海上に嵐がやってくるのを見つめた。

湾は闇よりもなお暗い闇に呑まれていた。

稲妻が空に走っていた。

ヴェリへの話。

――すると、私の指のあいだに小さな手が滑りこんでくるのを感じたの。彼女は震えてた。私は凍えた指先をこすって温めてやった。

「どう、気持ちいい?」と私は彼女に尋ねた。「ねぇ、マグダレナ、気持ちいい?」

彼女は私の腕に抱かれようとして膝の上に這いあがってきた。彼女はしがみつき、私の腕のなかで小さく丸まり、顔だけ海のほうに向けていた。いまや彼女は喜びで震えていた。

それは壮麗な嵐だった。

この日から、彼女は嵐と、嵐に伴うありとあらゆる飛躍と驚愕を熱愛するようになった。いわく、嵐に恋をしたのだと(少なくともアンの腕に抱かれているかぎり、嵐は彼女の恋人だった)。こうして幼児には神ができたのだった。

彼女はいきなり、神々のうちでもっとも古い神を選んだのだった。

彼女は父親にうるさくせがんだ、嵐を起こすことのできる友人にまた会いたいと。

＊

マグダレナ・ラドニッツキーの臀部は痩せていた。腿も脚も、鳥の脚のようにか細かった。際立って優美な少女というわけではなかった。髪はとても長く、その量も多く、背丈のわりにはずんぐりした体形で、その美しさはもっぱら顔の表情の動きにあった。彼女の肉体は、幸福を感じるやいなや（アンがピアノの前に座るのを見たり、海面が上昇したり、嵐が湾の小島に襲来するときなど）、信じがたい光をその周囲に放射するのだった。二人が会うと、二人のなかに信じがたいエネルギーが生じるのだった。ほとんど愛し合っている恋人同士のようだった。二人のうちどちらがより愛しているのか、推し量ることはできなかった。

第十四章

雨が降っていた。アン・イダンは浮き桟橋の上でジョルジュ・ルールを待っていた。彼は背を曲げ、頭を濡らし、黒い革の大きなリュックを背負って、桟橋に降りていった。船着場から三メートルほど離れたところに停まっているラドニツキーの黒いフィアットの中に少女がひとり残っているのに――最初に――気づいたのはジョルジュのほうだった。少女は後部座席の上に立って、波を覗きこんでいた。その顔はひどく悲しげだった。その目は車の窓を打つ雨に、あるいは魚市場を打つ雨に向けられていた。

二人がやってくるのを目にすると、その顔が急に、忘れがたいほどに、輝いた。そして、ありったけの力を拳にこめて窓をたたいた。アンは笑みを浮かべてドアを開け、すっかりとまっているジョルジュに彼女を紹介した。

こうしてジョルジュ・ルールの当惑が始まった。

彼は子供が嫌いだった。どう扱えばいいのかわからないのだ。

それは嫉妬でもあった。雨のなか車のドアが開くなり抱き合う二人の姿を見たとたん、烈しく獰猛で容赦のない嫉妬が忽然と湧きあがってきたのだ。

さらには島に対する、あるいは海そのものかもしれないが、それに対する恨み、恐れがあった。

細かい雨が降っていた。

辿る小道には大きな石ころがごろごろしていて滑りやすくなっていた。石を覆う苔がたっぷりと水を含んでいるのだった。

家へと向かう上り坂はとくにぬかるんでいた。下手をすると転げ落ちた。これほど険しく滑りやすい山道に沿って進むのは至難だった。それでもアーモンドの木が生えていた。野バラも咲いていた。

ジョルジュは幼いマグダレナばかりではなく、イタリア語にも怖気づいていた。

「ここで私がどんなに幸せか、よく見てちょうだい！」と彼女は言うのだった。

彼の目はその下腹部にしがみついているマグダレナに向けられていた。

どこもかしこも雨だと彼は気づくのだった。

＊

島のレストランのすべてを彼は嫌った。

＊

驟雨は十五分ごとに繰り返された。

「ほら、また来た」パン屋はアンに言った。

「ほら、また来た」マグダレナが真似をした（冷やかしの最盛期だった）。

あまりに驟雨が激しくて、アンはパン屋を出るのをためらっていた。

ジョルジュはレインコートを着て、頭には黒いナイロンの帽子をかぶり、閉じた傘を手に持ち、まるで立ったまま眠っているような格好で、通りの反対側の、イスキアの神学校の前で二人を待っていた。

＊

彼は青い屋根の小さな家の遠さが気に入らなかった——とくにそこまでたどり着くための汚くて、なおかつ常に通行可能とはかぎらない道が気に入らなかった。彼はアンにはっきり言った。このブルターニュ然とした海に降るブルターニュ然とした雨は、故なくブルターニュを飛び出したわけではない男を滅入らせる、と。そして、アンに対する面当てに、ホテルに泊まることにした。こうして大半の時間を彼女を避けて、港に居並ぶ数多くのカフェで過ごした。驟雨の合間に白いプラスチックの腰掛けをさらに前に引き出しては、わずかな日差しを受け、カヌーやモーターボートで帆船から離れ、主要な防波堤へと向かっていく水夫たちの姿に目を凝らすのだった。下船する観光客、埠頭に接岸する小船を見つめた。彼はけだるく憔悴していた。もしくは退屈、陶酔し、夢見ていた。

第十五章

ナポリにあるレオのアパルトマンで、アンはエスプレッソを噴きこぼした。

レナは彼女のすぐ横で、流しの縁を両手でつかみ、背筋を伸ばして立っていた。

レオが彼女の髪を切ってやっていた。

台所のタイルに落ちる子供の髪の房を、アンはじっと見ていた。

「もっと短く」とレナは言うのだった。

「まだ短くするのかい?」と父は聞き返す。

「うん。もっと短く。肩のところまで。アンみたいに」

レオはため息をつくと、娘の髪をまた鋏で切りはじめた。

母親が娘にマグダレナという名前をつけたがったのはバッハのせいだった(一方、レオンハルト・ラドニツキーは、自分はヨーゼフ・ハイドンの写譜係を務めていたヨハン・ラドニツキーの直系の子孫だと主張した。彼は四十になる前にウィーンで死んだ。一七九〇年一月のある朝、ハイドンの譜面を写しながら自室で冷たくなっているのを発見されたのだ）。

「私の父は」とアン・イダンは言った。「ベルリンとの協定が成立する前には、ルーマニアでオーケストラの楽団員を務めていたことがあったの。家から出て行くまでは、父が私の先生だった。四歳から六歳まで、毎日二時間から三時間、ピアノの練習をしていた。弟がドアの向こうで、こっちにきて僕と遊んでと喚き泣いていたのを憶えているわ。彼は音楽を嫌っていた」

「それから？」

「レオ、コーヒーはどう？」

「いらない」

「それからのことはわからない。よく憶えていないけど、父が出ていってから一年はふてくされていたと思うわ」

「一年もふてくされていたのかい？」

「正しくは一年以上。一年半か二年。さらにはニコラが死んでしまった」

「それから？」

「それからは、四六時中作曲に没頭し、歌曲や賛美歌や器楽曲の楽譜を何時間も書きつづけるのを母親が見守ることになった。彼女がそう仕向けたのよ。父と親交のあった有名なコンサート・ピアニストがランスの音楽院にときどき来ていたの」

「誰?」レオが訊いた。

「あえて名前は言わないわ」

「誰?」レオは繰り返した。

「ずっとミラノに住んでいて、ますます有名になっている。人間的立場からすると過酷な経験だったわ……」

「どういう立場?」

「質問はしないで、レオ、無意味だから。でも、あいつがとてつもなく素晴らしい先生であったことは認めるわ。教育者としては最低。男としても最低。師としては最高。ピアニストとしては圧倒的。それから私は男でずいぶん苦労した」

「それはわかる」

「〝それはわかる〟ってどういう意味?」

「言わずもがなだよ」

＊

他者におのれの眠りを託すことは、それだけでふしだらなことかもしれない。

眠っているところを、空腹なところを、夢見ているところを、手を差し伸べるところを、ロを開けるところを互いに見せ合うことは奇妙な貢物だ。

不可解な貢物だ。

瞼の下で震えている彼の目を、華奢で青白い皮膚の下でうごめいている目を彼女は見ていた。すべてが見えた。彼が夢見ているのがわかった。誰の夢を見ているのか？　奇妙なことに彼女は自分のことを夢見ていない夢を彼が見ている夢を見ていた。

彼は眠りながらため息をつくことがあった――その幼い娘と同じように。

どちらも何かを放棄したかのような大きなため息だった。

＊

夜は明けていた。アンはそれまでの人生で、この男の横でほど長く眠ったことはなかった。レオはすでに浴室に行っていた。娘は掛け布を引っ張っていた。アンの下腹部をじろじろ見つめていた。性器がついていないと彼女は言った。

「少しはあるでしょ」とアンは言いながら、掛け布を自分のほうに引っ張って身体を隠した。

しかし、幼いレナは自分の股を開き、性器を示して、自分にもやっぱりないと言った。

「少しはあるじゃない」とアンは同じ言葉を繰り返すと、幼子を腕に抱き、二人してぼんやりと物思いに耽った。

＊

春のあいだ、アン・イダンは四十二の牧歌（ヤン・クルシュティテル・トマーシェクが一八〇七年から一八二三年にかけて発表した、それぞれ六つの曲を含む七つの作品集）について調べた。

「きみなら七つに短くまとめられる」とジョルジュ。

「三つにできるかも。そう、私、ものすごく進歩したんだから」

＊

雨はやんでいた。ジョルジュは通りに出ると、つらそうに歩いた。まだ明るくなってはいなかったが、空から夜が去りはじめていた。空にはまだ星がいくつか残っていた。すでに暑かった。

彼はミクロタクシーを探した。見つからなかった。別荘まで歩いていくしかなかった。

アマリアの別荘にたどり着くと、窓ガラスを叩いた。

窓辺でガラス越しに名を呼びかけ、ガラスをこつこつ叩きながら、彼女を起こした。

彼女はTシャツを着た。ドアを開けに出た。

そして叫び声をあげた。彼は血まみれだった。

「いったいどうしたの？」

「質問しないでくれ、アンヌ＝エリアンヌ。僕は老いぼれた。美しい連中はみんな僕のことを老いぼれだと言う。彼らはふざけているんだ」

「ひどい。警察を呼ぶべきだわ」

「いや、自分を哀れもうとすれば、この目にかえって自分がおぞましく映るだけだ。自業自得さ」

「何か手を打つべきだわ」

「いや。彼らはふざけているんだ。それでいいんだ。罰せられることのないおふざけさ。楽しそうだったよ。しこたま酒を飲んだだけさ」

彼女は彼の身体を洗ってやった。手当てをしてやった。海におびえ、イタリア語を解せず、意気消沈し、幼いマグダレナに嫉妬し、青あざだらけになったジョルジュはブルゴーニュに帰ることにした。彼女はナポリの空港まで送っていった。

第三部

第一章

私は小さなヨットの船底で仰向けになり、本を横に置いたまま、日差しを浴びてうとうとしていた。すばらしく晴れ上がった日だった。

「見て、シャルル！　ほら見て！」ジュリエットがいきなり大声を上げた。

私は目を上げた。

「見て！」

私は船縁から頭をもたげたが、何も見えなかった。

「見えないの？」

「うん」

「よく見て！」

「せめて、何を見るべきなのか言ってくれよ！」

「もう、じれったい！」彼女はうめいた。

私はデッキの上に立ち上がった。すると海面に広がっているブロンドと白の髪が見えた。

「シニョーラ！　シニョーラ！」私の女友達は叫んでいた。

「浮き身をしているんじゃないの」と私はつぶやいた。海面に浮かんでいる黒っぽい人体にようやく気づいたのだ。

だが、泳いでいるのか、遺体なのかわからぬその女性はジュリエットの呼びかけに応じなかった。

ジュリエットが舵を取った――ヨットを近づけた。位置はアナカプリ東方の沖合いだった。

女はあいかわらず反応しなかった。

「動かないわ。目も閉じてる。さあ、行って！」

「もう少し回りこんで」

私は飛びこんだ――むしろ水に落ちた。

浮いている身体に慎重に近づいていった。

「シニョーラ」

彼女は瞼を閉じたままだったが、唇だけを動かしてフランス語で言った。

「もうくたくたです。それに痙攣がひどくて」

私もフランス語で答えた。

「それなら動かないで」

彼女は苛立ったような口調でつぶやいた。

「私はしばらく前から動いていません。目が焼けるように痛い」

私は自分の腕を彼女の肩の下に差し入れた。そして全身を彼女の下に滑りこませた。彼女の体重を私の肉体の全面で受けるようにして、ゆっくりとヨットまで運んでいった。

「ナポリのラドニツキー先生を呼んで」船上に引き上げられたあと、彼女はそう要望した。

ジュリエットは携帯電話を取り出し、教えられた番号を押した。

彼女の顔色は真っ青だった。彼女は甲板に横たわっていた。しばらくすると肘をついて起き上がった。

そして座ろうとした。私は彼女が背をもたせ掛けるのを手伝ってやった。

「あなたの名前は?」

「シャルル・シュノーニュ」〔パスカル・キニャールの初期の長編小説『ヴュルテンベルクのサロン』の主人公、音楽家〕

「ありがとう。あなたのおかげで命拾いをしたわ」

「あなたの名前は?」と私は訊き返した。

「アン・イダン」

「音楽家ですか?」

「ええ」

「私はあなたを知っている」

「私もあなたを知っている」

「ああ！」

＊

埠頭の端にはすでに救急車とラドニッキー医師が来ていた。

救急車の前では、悲しんでいる様子のまったく見えない少女が注意深く中を覗きこんでいた。むしろ、車の内部で何がおこなわれているかにひどく関心をそそられているようだった。

ヨットハーバーのカフェの前では、貸しピアノ業者がエスプレッソを飲んでいた。

その向かいでは、海辺の礼拝堂の司祭がスータン姿でコーラをらっぱ飲みしていた。

港の隅の、カフェの左、新聞スタンドのちょうど前で、髭をきれいに剃った顔の、痩せて皺の深い市井の男が壁にもたれていた。彼は煙草を吸っていた。老いに近づいていた。禿げ上がり、耳のあたりにわずかなブロンドの髪が残っているだけで、スチール縁の丸眼鏡をかけ、青白い大きな目をしていた。か細い声しか出なくなっていた——話をするときは。だが、そもそもほとんど話をしない彼は片隅に忘れ去られていた。なかば目を閉じ、長々と息を吸い込みながら、引きつったように煙草から煙を搾り出していた。死が迫っていた。それは私だった。

＊

「失礼」と彼女は叫んだ。

そして、いきなり席を立ってレストランから出ていった。

「いったいどうしたんですか？」と私はラドニッキー医師に訊いた。

「なんでもないですよ。ご心配には及びません」と彼は答えた。

「なんでもないって、どういうことです？」

「そうよ、彼女どうしたの？」とジュリエットが畳み掛けた。

「音楽のきれっぱしが引っかかったんですよ。あなたならわかるはずです、シャルル」

「私は作曲なんかしたことないから」と私は言った。

「つまり、どういうこと？」とジュリエットが訊いた。「彼女、何をしにいったの？　夕食の真っ最中に私たちを置き去りにするつもり？」

「いえ、いえ。通りに停めてある車でメモを取って、頭をすっきりさせたら戻ってきますよ」

＊

冬になると、大通りのピザ屋はほとんど客足が遠のいてしまう。大きなホールの奥に小さな付属のホールがあった。実際に使われるのは八月だけの、庭に面した部屋だった。冬はそこで食事してはいけないことになっているのだが、三日後に私がアン・イダンと再会したのはその部屋だった。店の女主人は親切にも私たちのためにそこにお茶と手製のケーキを運んでくれた――煙草は吸わないという条件で。にもかかわらず、私たちは上の小窓を開けて、立ったまま一本か二本は吸った。棚には地元のオリーブ油とレモン・シロップの瓶がぎっしり並んでいた。水槽が二つあった。一方には水が入っていなかった。もう一方には小さな甲殻類とせわしなく泳ぎ回る小魚がいた。じつは空っぽの水槽のほうがおもしろくないというわけではなく――少なくとも私の目には――、小さな砂漠、灰色の小石、干からびた藻、蜘蛛の巣、生きている蜘蛛が見えた。細かくて柔らかい埃の層が表面を覆っていた。それは私が格別気に入っている映画に出てくる死の谷だった。その映画の名は『猛禽類』、なぜ気に入っているかといえば、この世の真実を描いているから。

そこにはたまたま欠陥のあるジュークボックスも置いてあった。

われわれがおやつを食べているときに、ジュリエットが店に入ってきた。彼女はご丁寧にも、われわれの共同生活が今どういう状態になっているかをアンに説明した。

「もう彼を愛してないのよ。もう一緒じゃない。寝室も別々。私は私の寝室で寝ている」

「わざわざ私の寝室だとか、誰それの寝室だとか言う必要はないんじゃないかしら」とアン・

イダンははっきり言った。「大切なことは、寝室を家という考えから切り離すこと。世界全体に広がる人間の巨大な街から切り離された場所」

「人間という猛禽類のね」と私。

「私はそれを見つけたわ」とふたたびアン。「本当の寝室、海に直接面した長い寝室。どう、見たい?」

「ええ」とジュリエットが答える。

「それじゃ、私の見つけたものを見せてあげるわ」

アンは立ち上がった。

「コーヒーがもうない」と私。「おかわりを頼む人は?」

コーヒーなしで、私は生きてはいけない。五、六杯のコーヒーを飲んでようやく生きているという思いに震えはじめるのだ。

「あなたはあなたの好きなようにすればいいし、私たちには私たちのしたいことをさせてもらいたいわ!」とジュリエットが威勢よく言った。

「じゃ、僕はとびきり濃いコーヒーをもう一杯」と私は、戸口で待機している女主人に言った。

ジュリエットはイスキアの白ワインをデカンタで頼むと、立ち上がってアンのそばに行った。

彼女は両手でアンの顔に触りはじめた。

「休むべきね。どこか別の世界から来たみたいな様子よ」と彼女は言った。

「そういうの、聞いていていつも気持ちがいい」とアン・イダン。

「私の言っていることを理解していないわ。あなたはイタリア以外の別のところから来たみたい」

「それはそのとおりだわ」

それでもジュリエットはやめなかった。

「そんな顔、どこで見つけてきたの?」

彼女は相手の手を取った。ジュリエットは急にデカンタを手にしてグラスに注ぎ、よく冷えた白ワインを立て続けに二杯飲み干した。彼女たちは出て行った。私はコーヒーを三杯おかわりしてから、彼女たちのあとを追った。

エスプレッソ一杯。

そして濃いの《リストレット》を一杯。

そして少なめの《ストゥシント》を一杯。

これがお決まりのコース。

われわれは険しい坂道を登った。

私は肘掛け椅子のなかでまどろんだ。

目覚めると、女たちはレナのために芝生に出した空気マットレスの上に座っていた。彼女たちは手を触れ合い、それぞれの人生を語らいながら一夜を過ごした。

第二章

私が借りているシャンポー小路のアパルトマンは持ち主の甥の手でサテンのような艶のある美しいグレーで塗り直されていた。木枠、ドア、鎧戸、戸棚、暖房の部分にはより濃いグレーが塗られていた。主寝室の窓——縁をグレーの糸で刺繍した白い綿のカーテン——は、雲におおわれていないときは小山に面していた。ジュリエットは奥の寝室を独占していた。イタリアではジュリアと——ときにはマリアとさえ——呼んでほしいと彼女は願った。すばらしく美しい場所では、なんでも許されるのだ。彼女はとても若く、とても美しかった。私はひどく彼女を苛立たせていた。ひたすら本を読み、その読書の休息のためになおも本を読む男のかたわらで過ごす生活は死ぬほどうんざりだと彼女は思っていたのだ。

呼び鈴の音で、私は飛び跳ねた。

テーブルの上に読みかけの本を置いた。

ジュリエットが私の前を大急ぎで通り過ぎ、窓を開け、白い木の欄干に肘をついた。彼女はまだ服を着ていなかったが、髪はシニョンにまとめていた。彼女は笑みを浮かべて振り返った。

「あれは私が引き上げた女よ」

「二人で引き上げた女だろ」と私。

「あなたとは別れる」

「どこへ行くんだ？」

「服を着なくちゃ」

私は自分といっしょに暮らし、私にキスの挨拶をしようとしている若い女の顔をじっと見つめた。実を言えば、見ようとしても見えず、影にとまどい、太陽にとまどい、彼女の笑いにとまどい、その裸にとまどい、そのあわてぶりにとまどい、その存在にとまどい、すべてに私はとまどっていた。

＊

私はアンとレオ・ラドニツキーをこのうえなく洗練された田舎暮らしへと案内した。

それはもっとも暑さの厳しいときだった。

ジュリエットが私と別れたのはそのときだった。

ジュリエットは何もしない生活にうんざりし、アンがレオンハルトを説得してくれたおかげで、幼いマグダレナ・ラドニツキーの子守役をフルタイムで務めることになったのだ（正確に言えば、幼いマグダレナの面倒をみるのは三ヵ月間。三ヵ月交代だから）。

＊

島にある移動手段といえば、小さな木の屋根のついたオート三輪と真っ白なミクロタクシー数台しかなく、ミクロタクシーのほうが気密性が高いのでより快適ではあるけれど数は少なく、風が吹いてきたり、雨が降ってきたりするといなくなってしまう。われわれのグループのなかでは、プリンセス・クロポトキンだけがナポリ空港でフィアットを借り、フェリーに乗って、その専用の小型車とともに島にやってきたのだった。

だが、彼女はわれわれをいっしょに運ぼうとはしなかった。

ミクロタクシーはレモンの果樹園を縫うように通っている細道をよじ登るのに難儀した。

われわれは三人してジョヴィアル・セニールのところに向かっていた。

われわれは幸福に揺られていた。

「こっちに来るときには、ミネラル・ウォーターを買ってきて！」

アンは茶色と黒を組み合わせた装いだった。

ジュリエットは黄色を重ねていた。

やがて、夏のあいだ、二人は似たような服装をするようになった。互いの服を取り替えるようにもなった。アンは一夜にして自分の持ち衣装をそっくり取り替えることもあった。ジュリエットが着ているものに彼女は夢中になった——違えるのは色だけだった（やや暗いのや、地味なのや、上品なのや、陰気な色を選ぶのだった）。

ゆったりとした大きなセーター。黒のロングスカート。どちらもとても美しかった。どちらも髪を染めるのをやめた。もとの自然の色のまま伸びるにまかせた。

ジュリエットはアンより二十も年下だった。ジュリエットは胸の内を明かさなかった。なにかと幅の広い肩をすくめた。

気難しく、むしろ芝居がかっているほど圧倒的な自信家だった。

アン・イダンより少し背が高く、彼女ほど痩せてはおらず、目もやや小さく、ダンサーの、厳しい顔つきの、きわめて運動好きで、いつも入念に脱毛しているその姿は、純粋な状態での筋肉の塊を思わせた。

信じられないほどの暑さだった。

＊

マグダレナは半熟の卵を食べているときに歯を一本失くした。たしかに黄身に浸した細長いパン切れをいつまでもちゅうちゅう吸っていた。アン・イダンは島で、直接アルマンドの家でレオンハルトと落ち合うことになった。それでしかたなくマグダレナの世話をジュリエットに任せた。キッチンのテーブルの前に座ったマグダレナは口（一本欠けた六本の大きな歯）の中に塩とバターを塗った細長いパン切れをまた突っ込もうとしていた。そしてバターと塩だけ舐めるのだ。アンはナポリからイスキアへの最終便の船に間に合った。そしてアマリアの別荘に上がった。そそくさとシャワーを浴び、着替えた。夕食の席に到着すると、みな彼女を待ちわびていて、すぐに立ち上がってテーブルへと移った。

アルマンドは政治家の顔を大写しにしたポスターをはがし、集めていた。それに長い時間をかけて手を入れたり、切り裂いたり、最初から描きなおしたりするのだ。そして「精神病者の巨大な顔」と題した展覧会を催すのだった。

その家はイスキアの山の上に建てられた現代的な——あくまでも八〇年代に使われた意味での——鋼鉄とガラスの立方体で、空間内のすべての点が他のすべての点から見ることができ、たとえどんなに小さな葉巻であれ、そこから発散された煙の匂いは一瞬にして広大な容積の全体に行き渡り、ほんのかすかな囁きでさえ、まるでゴシック世界の大聖堂のように百メートル先まで反響する、そんな建物だった。

工業生産的でない唯一のものは、細い鋼鉄の紐で天上から吊り下げられている手直しされた巨大な顔だけだった。

アルマンドは汗にまみれていた。

すでに酔っていた。

「私はアペリティフはけっこうよ」とアン・イダンは空腹そうな周囲の顔を気遣った。

全員が鉄とつや消しのガラスでできたテーブルの周囲に駆け寄り、あっという間に腰かけた。

誰も口をきかなかった。手だけが伸びた。唇が艶を帯び、目が輝いた。

*

あまりに異様な暑さに、蛇たちは巣から影や庭に這い出し、ぬるくなった水を湛えた水盤の縁石にたどり着いた。

蜘蛛たちはベッドの下の暗がりと涼気のなかに潜りこんだ。

人間、夜、恐怖、記憶。

第三章

ジュリエットはオールを漕いでいた。ボートが砂に触れた。彼女はマグダレナの手を取って降ろしてやり、ボートをカステロの浜に上げた。彼女は桟橋に上がった。アンは彼女たちを見下ろす岩場の上にいた。彼女は叫んだ。

「何か飲む?」

「あなたと同じのでいいわ」

アンはカフェの店内に入り、よく冷えたコカコーラ・ライトを持ってきた。

彼女が戻ってくると、マグダレナはその横に忍び寄った。腕には白いプラスチックのすばらしいハンドバッグを掛けていた。彼女はその蓋を開けるのに苦労した。そして石蹴りに使う黒い小石を取り出した。

「これ、あげる」

だが、アンは石蹴りの枠にチョークで記す言葉を教えてやれなかった。

＊

近づいてくる足音が聞こえなかった。アンは前庭《テラス》の隅の小さな畑にいて、キッチンの腰掛けの上に立って手を伸ばし、杏の実を摘んでは、膝の間にしっかりと挟んだ籐の籠にそっと置いていた。

彼女は太陽のほうに顔を向けていた。

腕を伸ばし、指先で金色に輝く果実をつかもうとして、Tシャツの布地が引っ張られ、下腹部の肌があらわになっていた。

レオが籠を外してやった。

彼女は、まだ太陽の熱が残っている生温かい果実をつかんだ。そしてようやく彼に目を向けた。

「こんにちは」

「おいしい？」

「試してみたら」

彼は一つつまんで食べてみた。

「どれも温かい。どれもおいしい」

彼女は麦藁帽を白い布地で覆っていた。彼の向こうに目をやったとき、彼女は喜びの声を上げた。

ジュリエットに付き添われた小さなマグダレナが山道に忽然と現れたのが目に入ったのだ。

彼女は腰掛けを草むらに倒した。そしてしっかりと幼子を抱きしめた。

「杏、食べる？」

「飲む物がほしい」

そこで二人は手に手を取って、笑いながらキッチンへと向かった。

＊

レオは家の日陰に出した折り畳みの寝椅子で眠っていた。山の斜面に照りつける熱波はとてつもなく揺れ動いていた。それは収縮する無数の輪のようだった。この進行する収縮は樹木を、青い屋根を、鋳物の椅子を変容させては、ゆっくりと分離して、二、三分後にはもとの状態に戻していくのだった。

もはやただの蛇ではすまされなかった。

金属の輪をいくつも備えた透明な獣だった。

山の上がこれほど暑くなければ、彼女はこの野蛮な動きを何時間でも眺めていたことだろう。

*

地面は、細かい土埃とひび割れた泥の破片が入り混じった状態になっていた。太陽がすべての水を飲み干していた。たえず立ち上るこの水の霧が、大気に苦しげな透明感を与えていた。

*

テラスのいちばん端の階段に座り、トマトと水牛のチーズを盛った皿を膝に載せ、放心したように海を見つめていた。

「アン?」

アンは身震いした。間近に心配そうな顔の幼いレナがいて、見上げていた。

「なに、レナ」

「ほら! でも、まず目を閉じて」

言われるままに目を閉じた。

「手を開いて」

アンは手のひらを開いた。

とても軽いものを感じた。

「目を開けてもいいよ！」

手のひらに乳歯が一本のっていた。

アン・イダンは有名な音楽家であるだけでなく、偉大な雨乞いシャーマンであるだけでなく、贈り物に埋めつくされる女でもあった。

＊

あまりの暑さに、食べ物が喉を通らなくなった。みな水ばかりほしがった。

「食料品店にはもう水がないのよ。誰か、一肌脱いで。ナポリまで行ってきて」

「コーヒーなしでは生きていけない」

「とにかく暑すぎる。私にはとても海を渡る勇気がない」

「シャルルに頼んだら。シャルルは横断が得意だから」

「彼とはもう会ってないの、知ってるでしょ」とジュリエット。

マグダレナ・ラドニツキーは椅子の上にあがっていた。手を伸ばし、コンポート皿に盛られた杏をテーブルの上に並べていた。

「何をしてるの、レナ?」

「順番に並べてるの」

二時間はかかりそうだった――あげくの果てに果実はみな柔らかくなり、ほとんどが潰れ、文字どおりコンポートになってしまった。

*

レオンハルトがアンに言うには。

「君なしで生きるのは辛い。僕には君が必要だ。もっと僕のそばにいてほしいんだ、ナポリで、あのアパルトマンで。僕が眠るときには、君の吐息を聞く必要があるんだ」

「それで?」

「君を愛している」

贈り物の季節だった。贈り物がまだ続いていた。

今度はレオからアンに贈られた指輪だった。

指に何もはめずに生きていこうとしているときに、指輪が何の役に立つだろう?

彼女にとっては、幼い少女からもらった乳歯や黒い石のほうがよほどありがたかった。

＊

山道はあまりに険しく、アン・イダンの家に行くときは、ほとんどの場合、コルソ・コロンナの食料品店経由で行くようにしていた。何本かのミネラル・ウォーターとかサラダ菜とか果物を、小さな石段を経て砂利道をたどり、乾燥して竹の葉のように刺々しく乾燥したロープを頼りに上まで持ち上げた。

私はつねに歓迎された。

われわれの時は一致していた。

やがてあまりの暑さに、こんなことはとてもできなくなった。

＊

島の薬局までたどり着けそうになかった。薬を買いに行く必要があった。彼女は日差しを遮るために傘を差していた。アスファルトが柔らかくなっていた。前に進むのにひどく苦労した。一歩ごとアスファルトに足跡がついた。そして、道はゆっくりと元に戻った。あたかも目覚めつつあるときの動物にでもなったように。べたつく若い龍のような。若い肌、縁石のところでは白く、張りつめ、中から黒い液体が滲み出す。

＊

まるで四千年前に生きているようだった。極度の暑さはひとりの女神だった。その前ではすべてが黙した。突如として何もかも去っていった。人間はその通り道に足を踏み入れることを恐れた。夜になって外出するものはいなくなった。風はそよとも吹かなかった。

第四章

立て続けに雷雨がはじけた。レナはアン・イダンの腕に抱かれて喜びの声をあげた。どれもがとてつもなく美しい雷光ばかり、それもありとあらゆる種類の。樹木。一斉射撃。本物の裂け目からは、澄みきった蒼穹が現れる。雨はほとんど降ってこなかった。

暑さがまた始まった、さらにいっそうの暑さが。

彼ら——レオ、アルマンド、クロポトキン、シャルル——は毎週木曜日、ディオの家で集まっていた。ディオはさながら、おしゃべり専門局のようにしゃべった。ひたすら金持ちで、ひたすら空疎で、乏しく、無知だった。彼の魂、彼の使命、彼の目標、それは幸福。つまり、人をひきつけるポルノの背景、スポーツ少々、大量の睡眠薬、けた外れの陽気さ。

われわれは彼のことを陽気な老人《ジョヴィアル・セニール》と呼んだ。

島にはロシア人がうようよしていた。彼らは若く、強壮で、マフィアで、仲がよく、麻薬中毒で、酔っ払いで、子供っぽく、筋肉隆々で、攻撃的だった。

夜の最後の時間を支配する者たちだった。

私がピアノを見つけたのは、こういうロシア人たちに完全に占拠された十九世紀末に建てられた邸宅の中だった。それも本格的なコンサート・ピアノ。ベーゼンドルファー製。私はジュリエットに合図した――その夜、私に同行したのは彼女で、アンはレオといっしょにナポリに残っていた。マグダレナは母親のもとに帰っていった。われわれは書斎のドアを注意深く閉めた。友人たちを傷つけてはいけないと思ったのだ。悲しみとか、慎みとか、郷愁とか、美とか、待機とか、洗練とかを彼らに発見させてはいけないと思ったのだ。そうすればグループはたちまち破裂し、われわれはまた孤立してしまうだろう。

ピアノの下の奥のほうまで押しこんであった黄色いスツールを引っ張り出すのをジュリエットは手伝ってくれた。私は鍵盤の蓋を開け、演奏しはじめた。楽器は申し分なかったが、家具と部屋の容積と壁掛けのせいで、いささか音の響きが悪かった。

私はジュリエットとともにはいなかった、イスキアにもいなかった。

私は死んだ姉妹とともにいた。

私はベルクハイム［シャルル・シュノーニュの故郷。詳しくは『ヴュルテンベルクのサロン』参照］にいた。

＊

鍵盤の黒い蓋を閉めたときには、一時間が夢のように過ぎ去っていた。私は奇妙な悲哀に満たされていた。悲しみは、われわれの内にあって、美よりも古く、はるかに純粋でもある。私はリネンの上着を手に取り、そのポケットから小さな携帯電話を取り出すと、アン・イダンに電話した。

「ピアノを見つけたよ。ベーゼンドルファーだ」

「どこ？」

「ロシア人のところだ」

「どのロシア人？」

「若いロシア人」

アンはすっかり興奮していた。今はナポリにいるから、今夜のうちにそちらに行くことはできないと言った。すでに帰る時間になっていた。

「すまない、アン！　時間を忘れていた」

彼女は、翌日迎えに来て、そのピアノのところまで連れていってと私に頼んだ。

私は携帯電話を閉じた。ジュリエットが言った。

「あなたがピアノを弾けるなんて、知らなかったわ。チェロを弾く人だと思っていた」

「ピアホールで待ち合わせることになってるんだ。時間は見た？　ルイジと奥さんが僕らを待ってる」

すでに午前零時を過ぎていた。われわれは友人たちと落ち合った。大気はまだ焼けるようだった。私は姉たちのことをぼんやり思っていた。私は姉たちの話を聞いて育った。彼女たちが私に言葉を教えたのだ。私は鮫を頼んだ。

第五章

日が沈もうとしている。二人の女のどちらも好む時間だ。外出する勇気のあった人々は帰宅していた。海は凪ぎ、涼しくなっている。水は脚に沿って這い上がってきた。水着のところまで達すると、二人ともたんなる習慣から爪先立った。

ジュリエットが言う。

「私のことが好きならジュリアと呼んで」

「私のことはアンナと呼んで」

アンナとジュリアは笑い、そして語らう。そして、いきなり水に潜り、沖まで泳いでいく。アンナは、水着の胸のところを外したジュリアのとなりに寝そべっている。ジュリアは沈みかけている太陽に、あるいは吹いてくる涼しい風に背を向けている。ジュリアはその手をアンナの濡れた腹部にそっと滑りこませた。

今では彼女のほうが痩せていた。顔はひどくほっそりとして、身体はさらに精悍になり、肩幅は体操選手のように広く、そのほかの部分はもっとすらりと引き締まり、骨ばっていた。酒類はたくさん飲むが、食べなかった。

アンナの尻は真ん丸で小さい。

ジュリアのふくらはぎはダンサーのそれ。

ジュリアは過去を嫌っていた。彼女は刹那に生き、たえず飲み、何も食べなかった。アン・イダンには、そういった経験はまったくなかった。

＊

それぞれが自分の王国を持っていた。イタリアにいるときのレナは雷雨、アンはティレニア海に面した細長い寝室、ジュリアはソファと白ワインの入ったグラス、アルマンドは鉄のアトリエ、ジョヴィアル・セニールは夜毎のドラッグ、フィリスは教会の祈禱台、クロポトキンは山、シャルルは自分の書棚から取り出す一冊の本。彼らは友人同士だったが、ほとんど会わなかった。誰もが急いで自分の王国に戻りたがるのだった。

＊

それから後の数ヵ月をこと細かく説明しようと思えばできる。彼らはみな恋多く、新しいことに手を出し、忙しかった。私は飛ばす。飛ばす。飛ばす。翌年の三月へと至る。寒さのなかへとたどり着く。ジュリアとアンは、マグダレナが母親のもとにいる三ヵ月のあいだ、イスキアでいっしょに暮らしていた。

少女がイタリアに来ている三ヵ月間は、ジュリアは週日ナポリで過ごす。週末は島に戻っていくのだった。

＊

アンはジュリアの腕のなかでイタリア女になった。

性欲を取り戻した肉体は華やぎ、周囲を照らし、空気を浄化する。

二人は手に手を取って歩く。海から上がってくる。話はしない。

アンはビーチタオルを持っていた。

ジュリアはくだらない雑誌を何冊か抱えていた。

履いているサンダルが熱い砂埃にまみれる。

その十メートル後ろで、マグダレナが歌っていた。つまらなそうに、反芻するように、とぼとぼ歩きながら欠伸をして。

　三人ともよく日焼けしていた。

　ジュリアの肌も赤くならなくなっていた。少しずつ日に焼けていた。

＊

　ジュリアはソファ――擦り切れたチェスターフィールド――に腰かけていた。靴を脱ぎ、足を尻の下に潜らせ、手に白ワインのグラスを持ち、ピーナッツをかじりながら。マグダレナが小声で言った。

「あ、子猫！」

　テラスから入り込んできた子猫が部屋にちょこんと頭を出していた。

　アンが素っ裸で水を滴らせながら、タオルを手にしてシャワーから出てきた。

「見た？」とマグダレナ。

「きれいな猫！」

　アンは窓をもっと広く開けてやった。彼女はタオルを床に敷き、猫の前にひざまずいた。

「きれいね」と彼女は言った。

「黒い斑があるの見た？」とマグダレナがきいた。

「しるしだと思う？」とアンがきき返した。

＊

レナはジュリアの腹の上で眠っていた。

二人してソファの上にいた。

ジュリアがあいかわらず白ワインを飲み、コルソ・コロンナで買った雑誌を読み、ピーナッツを食べているあいだ、マグダレナはすっかり疲れ果てて大きな寝息をたて、見ている夢のなかで揺れていた。

アンは部屋のなかでもっとも涼しい暖炉の角のあたりに座り、黒い火山岩の壁に背をもたせ、丸めた楽譜を手で開いていた。

第六章

間断なく降りつづける横殴りの雨のせいで、湾が見えなかった。住民は外出を渋っていた。ある朝、ミクロタクシーに乗って、暑気と驟雨にけむる大気のなかを郵便局からまた上に登ろうとしたとき（郵便局は港に続く並木道の途中にあった）、彼女の家の目印となる浜辺の上に突き出した岩にしがみついている老いた松の木が見えたと思った。

私は自分を乗せたスクーターを停めた。

冗長な雨はひどく濃密で、山道はほとんど見えなかった。

私はいつも革の鞄（大きなポケットが二ついている鞍掛け鞄）を持ち歩いていて、そこになんでも仕舞いこんでいた。本をかき分け、自分の携帯電話を探した。ミクロタクシーの小さな木の屋根の下から、私はアンに電話した。上まで登っていっても無駄にならないことを確かめるために。われわれは友達になっていた。ジュリアがナポリにいるときは、頻繁に会っていた。私はいつも煙草を持っていった。

＊

朝、われわれは黙ってコーヒーを飲むのだった。そして、私は歩いて自宅へ帰った。

＊

かつては――シャンポー小路に車は入り込めなかったので――、私はペスカトリ広場を経由せざるをえなかった。大雨が降るか、海が大時化にでもならないかぎり、海を前にして、よく冷えたビールを飲みたいという気持ちを抑えることは私にはできなかった。夜、そうしていると、よく彼女と出会った。

＊

アン・イダンが歌曲に没頭しているときは、異様な姿勢で座っていた。上半身を後ろにのけぞらせていた。他人にどういう印象を与えるかをけっして気にかけない女のみごとな態度だった。そういう姿を見ていると、突如として彼女は消えてしまうのではないか、港の岩場の上から転がり、飛び立ち、飛び込み、海に沈んでしまうのではないかと思えてくるのだった。

*

彼女は自分の飢えに、自分の歌に、自分の歩行に、自分の情熱に、自分の泳ぎに、自分の宿命に、まるごとのめり込む女だった。

そんなとき、私は彼女の邪魔をしなかった。合図するだけに留めた。私はもっと遠くの二つの席に腰かけた。そしてよく冷えたビールを注文した。たいした話をするわけではなかった。べつに話をしなくてもよかった。一時間、舟をしまう漁師の姿やカヌーに乗って自分のヨットに向かう観光客、城の上に沈む日輪、さらに遠くは、カプリ島にそびえるティベリウスの城砦に沿って沈みゆく夕日をじっと見ていることもあった。

*

「ブルターニュ生まれのカトリック教徒の母とルーマニア生まれのユダヤ人とのあいだに生まれた娘であるエリアーヌ・イデルシュタインが、どうしてアン・イダンになったのだろう？」

「わからないわ」

「身を隠すため？　ユダヤ人は身を隠さなければならないから？」

「ちがうわ。ユダヤ人が身を隠す必要があるとも思わないし、隠すことで守れるとも思わない」

「それならどうして？」

「いっしょに暮らした最初の男が登山家だったの」

「話の筋が見えないな」

「彼はイダン・ピック〔Hidden Peak：ヒドゥン・ピーク＝ガッシャーブルム峰〕に登ったことがあったの。つまり、彼がふざけてイデル（Hidel）をイダン（Hidden）に変えたわけ。彼が名付け親なのよ」

「彼のことを愛してた？」

「ええ」

「それならなぜ別れたの？」

「どうして別れたと思うの？　彼は死んだのよ」

＊

アン・イダンは鍵盤の前ではマルセル・メイエル風に振舞った。ただし、この巨匠が突然姿を消す前に、その演奏ぶりを見る機会のあった人にしかわからないかもしれないが。彼女の左手はとてつもなく力強かった。だが、楽譜をごまかし、一種まばゆいばかりの緩やかさに達するほどメロディを単純化した結果、巨匠とは比べるべくもなかった。

信じられないほど乱暴な演奏だった。

彼女はまずピアノから離れて楽譜を読み、それからピアノに戻るのだった。そして鍵盤に向かって座ると――いきなり――すべてを旋風のような荒っぽい要約にしてしまうのだった。それは演奏ではなかった。楽譜から読み取ったもの、あるいは楽譜から取り上げたいと思ったものを即興的に再現するにあたって、装飾音を取り除き、和声を壊し、失われた主題を不安げに探し求め、最低限の和声のなかで、主題のエッセンスだけを取り出そうとするのだった。

ときには、長々と続くオリエント風の変奏曲にのめりこんで茫然自失になることもあった。主題が起源そのもののであるかのように、つねにそこに立ち戻ろうとするあまり、わけがわからなくなってピアノを弾くのを放棄して、いきなり立ち上がり、眉をしかめて沈黙のなかで主題を追い求めて他所へと向かい、庭に出ては歩いて歩いて歩き回り、岩場によじ登るのだった。一種の天才だった。

芸術家――ある意味では――インドの行者のような芸術家タイプだった。

ときにはホテルのロビーに陣取ることもあった――たとえばムーア・ホテルのサロンだとか、静かでさえあれば、ナポリのバーでもよかった。

彼女はいちばん快適な席に座る。ドアからもっとも遠く離れた席、突如客があふれて自分の前の空間に侵入してくるのを見るのにもっとも適した席を選ぶのだった。

こうすることで彼女は自分の考えを選りすぐる――あるいは自分の奥底にある音の観念を判断する、あるいはその観念を乗り越えることを受け入れるのだった。彼女はまず無言でメロディラインを試し、それからそのメロディを愛し、記し、あるいは削った。

＊

複雑な女だった。

マグダレナにとって、雨乞いの名人は深遠な仙女だった。

レオンハルトにとって、アンはおそろしく内省的な芸術家、自分を取り巻く人間にはほとんど無関心、力強く、野性的、少なくとも飼いならされてはいない、孤独な女だった。

ジュリアの目には、しなやかで静か、官能的で安堵させてくれる、骨ばった隙間だらけの大きな肉体と映った。

ジョルジュの目には、気位の高い、ややつっけんどんな、いつも身構えているくせに些細なことで動転する、華奢で心配性の神秘的な少女と映っていた。

私にとっては、天才的な音楽家だった。その演奏を聴く機会はめったになかった。しかし、そうなるように全力を尽くしていた。

＊

突然、自分自身の奥底から、どこかで聞いたことのある、でも人が作ったのではない歌が浮かび上がってくることがある。そういうときはすぐに書き留めなければならない。あとで手を入れるか、入れないかは別にして。こういう呼びかけは誰のものでもない――呼びかけられた人のものではさらさらない（なぜなら、もしそれが呼びかけるものだとするならば、呼びかけられる人はみな死んだ人だと言わざるを得ないから）

ソフィア・コッリとハンブルクへと逃げ出すヤン・ドゥシーク〔「ソナチネ・アルバム」を作曲したピアニスト〕。

マグダレナ・パウリーナ・ラドニツキーとヘルクラネウムに逃げ出すアン・イダン。

＊

クリスマスの贈り物として、アンはレナのために犬を買ってやった。フォックステリアだった。アンとレナはその犬にマトロという名前をつけた。彼にナポリに行く資格はなかった。島に残って、海なり、山の小道なり、テラスの周辺を見張っていた。

＊

帰ってくるなり、二人は港で魚を買った。それから並木道をさかのぼって市場へ向かった。インゲンマメに、子牛の肉を買った。二人はテラスで昼食をとった。それからレナの昼寝の時間になった。ジュリアはサンダルの紐を解いた。ショートパンツとTシャツ姿のまま、彼女に添い寝した。

＊

レナは目を覚ますと、すぐに起き上がり、まどろんでいる犬の腹に飛びこむ。

マトロは悲鳴をあげて逃げていく。

マグダレナはその罰として、ジュリアに尻をたたかれる。

彼女は泣く。

「どうしてあんたは悪い子なの？」ジュリアは叱る。

「悪い子じゃないもん」少女はゆっくり答える。

「あんたが犬をぶったら、私があんたをぶつからね」

すると、マグダレナ・ラドニツキーは人形を腕に抱いて、泣きながらその場を去っていく。

彼女は居間の暖炉の前の、アンのいる片隅に腰を据える。

ジュリアはそのままその片隅で人形遊びを続けさせてやる。

レナは自分のままごと道具のまわりに、暖炉の上から持ってきた手燭を並べる。

彼女は歌を口ずさみ、その歌をやめると、今度は人形に向かって延々と話しかけるのだった。

＊

日差しが現れた。ジュリアは下から二番目の階段に腰かけ、たそがれの道具一式をそこに並べた。ピーナッツ、オリーブ、よく冷えた白ワイン、サングラス、くだらない週刊誌、自分ではけっして編まないセーター。

彼女は脚を投げ出して座った。

ドレスの裾をたくし上げ、レナが使う青いゴムの浴槽にはった透明な水の中で足を遊ばせた。

頭を後ろにのけぞらせ、ようやく顔を出した太陽に身をまかせて肌を焼いた。

＊

翌日、彼女たちは市場で舟形容器につめたブルーベリーを見つけた。昼食にブルーベリーを食べたせいで、指先を洗い落とせないほど真っ黒に染めたマグダレナは山に登って遊ぶと言い出した。

ジュリアは、新たな日差しのせいでひび割れたレナの唇にクリームを塗ってやった。

アンはコーヒーをいれた。

＊

幼いマグダレナはすっかり疲れて、帰ってきた。丸々一時間、山の傾斜に沿って、小石だらけの地面や芽生えだした草むらや麦わらの残っているところを転げ、歓喜の声をあげながら、このテラスへたどり着いたのだ。全身がほてり、引っかき傷に覆われていた。彼女は立ったまま眠っていた。アンが抱きかかえ、居間へと連れていった。居間ではすでにジュリアが、例のくだらない雑誌や、煙草、オリーブ、ピーナッツ、ピスタチオ、白ワイン。彼女はレナを二つの枕で挟みこんだ。

アンは額の汗を拭いてやり、目の前で彼女がたちまち眠りに落ちるのを見届けた。

彼女は港に降り、水中翼船《アリスカフィ》が来るのを待ってタラップを上り、ナポリでレオと落ち合った。

＊

レナの血の気が失せている。

ジュリアは叫んでいた。

彼女はすでに息をしなくなった少女を腕に抱え、フランス窓の戸口に立っていた。

検死がなされた。マグダレナ・ラドニツキーはわずか三歳にして、あきれたことにピーナッツ一個を喉に詰まらせて死んだのである。

子供は病院に運ばれ、検死を受けたのちにラドニツキー医師の家に送還されたのだった。

ジュリアは逃げ出した。

第七章

アンは一晩中むなしくジュリアの帰りを待った。ようやく彼女の携帯電話につながった。島までむりやり迎えにいき、なんとか宥めてレオのもとに連れ帰ろうとしたが、ジュリアは応じなかった。

アンはひとり、ナポリに戻る船に乗った。

アパルトマンに帰ったときには、日は沈みかけていた。

レオが閉じこもっている寝室にそっと入り、これからマグダレナの通夜をすると告げた。一晩彼女の部屋で過ごすと。彼は頭を縦に振った。彼女は廊下を歩いていった。ドアを開け、室内をろくに見ないままドアを閉めた。

彼女は突っ立っていた。中はとても暗かった。窓の鎧戸は閉められていた。

それからベッドの横にうずくまって膝をつき、目は上げず、突然はっしと見つめた。

激しい苦痛がせり上がり、一滴の涙も助けにこなかった。彼女は幼子の頬の近くに頭を置いた。そして、死んだ子の小さな手の下に自分の手を滑りこませた。

＊

その苦痛は恐るべきものだった。その子とのあいだには自然の関係はいっさいなかった。ところが、彼女の命の生地をこのうえない痛みで切り裂いたのだ。奇妙なことに涙はまったく出てこなかった。乾いた嗚咽さえ出てこなかった。胸を締めつけられることさえなかった。底知れない苦痛、ただ不眠だけを生み出すだけの。目覚めたまま、何日も何日も、服も脱がず、横たわることもなく、着替えもせず、身体を洗うこともせず。

犬のマトロでさえ彼女には近づかず、とても暑かったので、不安げな顔をして影のなかでじっとしていた。

マグダレナは、ジュリアが姿を見せないまま、埋葬された。

＊

アン・イダンは二番目のテラスまでも達することができなかった。地面に腰を降ろし、日陰とはいえ、驢馬の小屋の焼けつくような壁に背をもたせかけていた。目の前には飲み干した水の瓶があった。膨らみのある緑色のガラス瓶に、歪んだ自分の姿が映っていた。

そこには汗を滴らせている老いた女がいた。

垂れ下がり、光り輝いている、長く白い髪が見えた。まるで酔っているようだった。この十日、冷蔵庫で冷やしてから、またボトルに詰めなおしたミネラル・ウォーターしか飲んでいないのに。彼女は目を閉じた。眠りに落ちた。夢を見た。夢のなかで泣いた。ようやく自分自身の涙が頬を伝い、彼女は険しい山道で目を覚ました。

＊

ジュリアからは電話もかかってこなくなった。

ジュリアがどこで暮らしているのか、どこで寝ているのか、正確なことは誰も知らなかった。

彼女の近親者――かつての近親者――でさえ、彼女がいったいどこに姿をくらましたのか知らなかった。

＊

ナポリのアパルトマンで、アンは着替えた。床に脱ぎ捨てたソックスを捜した。椅子の下でその片方を拾った。

背後から、苦しげなレオの声が聞こえてきた。いつもの彼の声ではなかった。背後で響いているのは、子供っぽいしゃがれ声だった。

「着替えないで!」

彼女は振り返って、ちらりと見た。やはり泣いているのだった。子供みたいに掛け布をいじくっていた。その掛け布で彼は目を拭いた。

彼は枕にもたれて座った。

「あなたはもう、こんなふうにして出ていってはいけない。ぼくはもう、あなたが出ていくのを見ることはできない。あなたが夜明けに服を着て、あなたの島に戻っていくのを見るのはもう耐えられない」

「そうね」

「ぼくはあまりに孤独だ」

「わかるわ」

彼女はショーツをはいた。ジーンズのボタンをはめた。彼は小声で言った。

「アン?」

「ええ」

「いっしょに行こう」

彼女は返事をしなかった。そして、

「ええ」

そして、

「それもいいかも」

彼は続けた。

「船に乗ろう」

「ええ」

「泥棒のように立ち去ろう」

「ええ」

「フェリーに乗ろう。急いで空港に行こう。あなたの行きたいところに行こう。私がすべて買い揃えてあげる。私が真新しい服に着替えさせてあげる」

「あなたが着替えさせてくれるのね」ブラウスのボタンをはめ終えながら、彼女は言った。

「今日中にそうしよう。午後には決行だ。八時に埠頭の切符売り場の前で落ち合おう」

彼女はベッドの端に腰かけ、白いバスケットシューズの紐を締めた。

「むりだわ」ついに彼女は言った。

「いったい、どうして？」

「なぜなら、どこに行っても同じ思い出を持つことになるからよ。相手の顔を見るたびに自分の苦しみがかき立てられるからよ。私が考えていることを知りたい？」

「それだけはごめんだよ」

彼は掛け布で頭をすっぽり覆った。

彼女はなおも言った。

「私が考えていることは、たんにいっしょに行くべきではないということではないのよ。たんにいっしょに暮らすべきではないということではないのよ……」

彼は掛け布をかぶったまま叫んだ。

「アン、その続きは言わないでくれ！」

「私たちは別れるべきだと考えているのよ」

そう言うと、彼女はベッドに近づいていった。そして、掛け布をかぶったままの頭を抱いた。

彼女は出ていった。玄関に出ても、まだ泣いている声が聞こえた。部屋の鍵は大理石の棚の上に置いた。

第八章

漁師の手を借りて、彼女はモーターボートに飛び乗った。そしてプロチーダ島の南側で降りた。ラドニツキー医師にプロチーダの安食堂で昼食をともにしないかと誘われたのだ。

彼女はサラダ菜を一枚むしゃむしゃ食べた。

レオが口を開いた。

「食べるべきだよ」

二人はテーブルをはさんで向かい合って座っていた。

「むりして食べるわ」

彼女はキバナスズシロの葉をもう一枚食べた。

「ありがとう、アン。とにかく食べる必要がある。私のほうは、どうしてこんなに食べるのかわからないけど……」

「別の話をしない？」

「どうして？　目下われわれが置かれている状況について、冷静に、技術的に話しているだけだよ。私は、最初はあなたを診た医者だったんだからね」

「私、この島を去ろうと思っているの」

「それで？　それならなおさら旅行鞄を持てるだけの筋肉をつけないと。それならなおさら街路を歩いていけるだけの脚力をつけないと！」

彼女はあえて自分の苦しみについて、彼に説明しなかった。

「あなたにはわからないわ、レオ、私がどれだけ自分の移動癖にうんざりしているか。自分自身にうんざりしているのよ」

二人の目の前では、老人が架台の上にマホガニーの箪笥の扉を備えつけていた。そこに大きな籠いっぱいのジャガイモを、野菜を、レモンを、丸裸にした鶏二羽を並べた。

そこに憲兵が通りかかった。

「われわれは同じ場所に住むべきじゃないかとずっと思ってきたんだ。われわれは結婚すればいいんだ。いっしょに暮らすべきなんだ」と彼はつぶやいた。

彼女は彼の手を取った。

「あなたは壊れているのよ。私も壊れているのよ。壊れたものを直すのに壊れたものを頼りにしてはいけないわ。みんな忘れましょう……」

「みんな忘れるか……」彼は苦笑いを浮かべた。

そしてなおも小声で言った。

「でも、あなたはあの子を愛していたじゃないか……」

すると彼女は自分を抑えることができなくなった。彼の目の前で初めて彼女は泣き崩れた。

＊

やがて彼は苦悩をあたりに撒き散らすようになった。

そうして死に近づいていった。

飲みすぎるようになった。

突然爆発して、不寛容になり、泣き言を並べ、暴力的に、理不尽になった。

＊

彼はわが子が死んだときの肉体の状態を思い出せなくなっていた。細部を知りたがった。傷跡や痣はなかったのか？　生きているときと同じようにきれいだったのか？　死ぬときに叫び声をあげたのか？　さらには実際には見たはずのないものまで知りたがった。

＊

出来事がその人にとっての試練となるとき、どんな慰めも慰めにはならない。

アルコールも、麻薬も、コーヒーも、煙草も、合成薬物も、睡眠薬も、助けにはならない。魂が苦痛のほうを向いてやらなければならないのは、いわば、魂が苦痛を真っ向から受け止め、魂の持つ時間と深い淵と悲嘆を与えてやる必要があるからだ。肉体の外に苦痛を引き出してやらなければならないのだ。それ自身以外のもので滋養をつけてやらなければならないのだ。苦痛に誘いをかけ、餌を投げ与え、人身御供でもするように何かを犠牲にしなければならないのだ。

アン・イダンは海に面した別荘を犠牲にすることにした。

＊

ときに、いかなる手段でも癒やされない悲しみがある。過ぎ行く時間が悲しみを増幅することがある。

＊

彼女はジュリアを愛していた。

ジュリアがナポリのアパルトマンで暮らしているということを私は知った。観光案内をして生計を立てているのだった。ある夜、私は彼女をジュリアの住まいに連れていった。

だが、ジュリアはアン・イダンと縒りを戻そうとしなかった。

二人はもう触れ合うこともなかった。話もしなかった。いっしょに寝ることもしなかった。いっしょに食事をすることもなかった。

二人はただ飲んだ。

見つめ合った。ジュリアはアンの顔を両の手のひらではさんだ。

アンは彼女の唇を、彼女の胸を崇拝するように見つめた。それを両手でつかんだ。じっと見つめてから、そこに頬を寄せた。

「さようなら《アデュー》」

＊

ジュリアは島を出た。その後ジュリアはいかなる消息も彼女に知らせなかった。携帯電話に呼びかけても出ようとしなかった。アンが手紙を出しても、いっさい返事は来なかった。テイに行くこともなかった。

第九章

ナポリにある、幼いマグダレナ・パウリーナ・ラドニツキーの墓。

アンはそこにひとり訪ねては夢を見るのだった。

その夢はいつもと同じ、ほっと一息つける、穏やかな、懐かしい情景だった。

場面もほとんどいつもと同じ、夜、夕食の前に三人でお風呂に入る場面だった。

彼女たちは美しく、三人で食卓を囲み、料理を前にして、みなこざっぱり、上気して、髪はまだ濡れていて、みな清潔なパジャマを着ている。

まれにはまたこれとは違う情景もあった。昼時、やはり彼女たちは三人そろって、虫に食われた木造の小さなバーでサラダを食べている場面だった。

＊

ジョルジュ・ルールは幸せだった。受話器を置いた。彼女が戻ってくるのだ。

午後はずっとグンペンドルフの小屋の掃除にかかりっきりだった。隣のドロール氏と同じように、雑巾、スポンジ、漂白剤を使い、窓という窓を開け放して。

＊

アンが電話でジョルジュに言ったこと。

——最後に私がマグダレナの父親に会って、別荘の賃貸契約を打ち切って島を出ると告げたとき、彼の目に喜びとは言わないけれど、喜びに近い敵意というか、そういうものが見えたの。

つまり彼は、私を憎んでいると同時に、ものすごく安心している様子だった。自分のそばから自分の苦しみの目撃者がいなくなることにとても満足していた。とても満足していた。

たぶん、彼はあまりに不幸だったから、もはやひとりでいるしかなくなったのね。

たぶん、一種の臆病ね。

飽き飽きしてしまったのね、ドラマの、不眠の、オペラの愛好家であることに、捨てられた夫であることに、死んだ幼子の父であることに、彼自身よりもこの幼子のほうを愛していた女の不確かな恋人であることに嫌気がさしたのね。

「ずっと前からわかっていたんだ。私を愛しながら、あなたが愛していたのは彼女だったんだ。そんなことは火を見るより明らかだった。すぐにわかった。私のことなんか、愛してなかったんだ」

＊

彼女はサン・アンジェロの老いた農婦のもとを訪れた。幼子の死のことをかいつまんで説明した。

アマリアは何も言わなかった。

アンはいっしょに連れてきた犬のマトロを彼女に託した。

アマリアはため息をつきながら、頭を下げた。

アンは穏やかな口調で、自分が島を去ろうとしていることを伝えた。そして、鍵の束をテーブルの上に置いた。

老婆は顔を背けたが、やはり、何も言わなかった。

それから、二人はレモンの酒を少し飲んだ。彼女たちは、程度の差こそあれ、どちらも港のある小さな町で過ごした幼年期について語り合った。

アンが言うには、

「ママがあんなところでどうやって冬を過ごせたのか、ついにわからないわ。家は母方の祖父が建てたものなんだけど……」

「妹のために建てたのかい？」

「いいえ、自分自身のためよ、砂丘ぎりぎりのところにね。いつも砂に覆われているアスファルトの小道を照らす三本の街灯から始まるの。最後の街灯のところまで行くと、すべてが闇に包まれてしまう。私が子供のころには、波の音が頼りだった。冬はとくに。空全体が雲となってしまうときには。そういうの、あなたも知っているでしょ？」

「もちろんだよ、娘や」とアマリアは言った。「この島はすっぽり雲におおわれてしまうことがよくあるからね」

「小さいころは、闇夜で迷わないように、舗装路をおおう砂を踏みしめる軋み音を頼りに歩いたことを憶えているわ」

「まあ！」

「その音が消えて、私の足がやわらかい草を踏み、湿った砂に埋もれるようなことになれば、それは自分の家に通じる小道から逸れた証拠なの。あたりは真っ暗。私はまた道路の上で耳を澄ますの」

「ああ、わが子よ、私はあんたが好きだよ」

二人の前に広がる菜園は埃まみれになっていた。もじゃもじゃの裸の枝がいくつか残っているだけだった。植物のほとんどは前月の酷暑で焼き尽されていた。

第十章

本と楽譜がぎっしり詰まった段ボール箱が、すでに暖炉の前にいくつも積み重ねられていた。私はキッチンに入っていった。

「アン！」

彼女は鋳物のココット鍋の底で真っ黒になっている茄子から目を上げた。

そして私の方に顔を向けた。

「なに？」彼女は小声で言った。

だが、彼女は私の視線を察し、

「シャルル、どうしたの？」と声を荒げた。

彼女はすべてを見通していた。顔つきが急に攻撃的になった。目を大きく見開いていた。木のしゃもじをガスレンジの上に乱暴に置いた。

私は彼女を抱き寄せて言った。

「君のママが」

急に弾けた輪ゴムのように、彼女は私の腕をふりほどき、台所から、庭から外に出て、全速力で山の方に走っていった。

私はしばらく彼女を追いかけたが、茂みの中であきらめた。

私は家に戻った。

家の中に入る前から、猛烈に焦げくさい臭いに気づいた。

丸焦げになったココットの中の料理は流しに捨てた。

*

ファックスが台所のテーブルに残されたままだった。

ムーア・ホテル宛のファックスだった。

太い黒のフェルトペンで二行。**あなたのお母さんは昨日木曜日の夜に静かに息を引き取りました。ヴェロニク。**

レターヘッドに薬局の電話番号が記されていた。

＊

テラスには、空っぽの素焼きの大きな鉢がたくさん転がっている。彼女は海に向かって座っている。

イスキアの港の小さな教会に彼女は入った。聖歌隊と一般信徒を仕切る黒の低い鉄柵のすぐ前にある藁椅子に彼女は座っている。

それから彼女は船に乗る。甲板の上の、木のベンチに彼女はじっと座っている。

彼女はサンチオ・カトリッコの港の前を、アヴェルノの前を、ポシリポの前を、パルテノペ通りの前を通り過ぎる。夜の海に面した、灯りのもれる邸宅街の前を彼女は通り過ぎる。

彼女はブルターニュの小さな教会の中に座っている。そして、とほうもなく堅い祈禱台にひざまずく。目の詰まった木材でできていた。

彼女は自分の手首に手を重ねる。

そして、その手の上に頭を載せる。

彼女は思う。

彼女は思った。

母親のことを考えているうちに、母親とは関係のない事柄が不意に思い浮かんできた。彼女は自分の夢のことを、ジュリアのことを、島での自分の生活のことを、新たな一人暮らしのことを夢想した。

死者の国にあっては隣り合って寝ているマグダレナ・ラドニツキーとマルト・イデルシュタインのために、彼女は祈った。

＊

ヴェリが彼女の前に立ちはだかっている。声を荒げ、険悪で、攻撃的で、激烈な口調で言い募った。

「発作を起こしたのはもう十五日も前のことなのよ」

「電話してくれたってよかったじゃない！」

「あなたには知らせてほしくないって言うんだもの！　もう口が利けなくなっていたし」

「それじゃ、どうやって私に知らせるなって言えたのかしら？」

「やめて、お願い。つまり、満足にしゃべることができなくなっていたということよ。だから……」

彼女は今にも爆発しそうな気配を漂わせていた。血走った目を上げて天井を見つめ、貧弱な唇を噛みしめながら……。

「言わないで」

「まるで叫ぼうと、誰かの名前を叫ぼうとするかのように、でも、何も出てこなかった……」

「言わないで、ヴェリ、言わないで。ありがとう、いろいろと」

彼女は口をつぐんだ。

やがて彼女はヴェリの手を握った。それから小声でこう言った。

「結局は、レオのレナに対する関係とまったく同じなのね。私は知りたくないの」

＊

彼女は老人ホームに行き、末期《まつご》の日々を送る母親の面倒を見てくれた二人の看護師に挨拶した。日中の世話を担当した看護師も、薬剤師の友人と同じことを言った。

「むしろ、このほうがよかったのよ。あなたのお母さんは死にたがっていたのですもの。顎をせり上げたまま、恐怖心でいっぱいの目をしていたわ」

彼女は夜勤の看護師にも挨拶しに行ったが――ありがたいことに――、何も言わずに頬にキスしてくれた。

港のホテルの前まで来ると、すっかり途方に暮れたジョルジュとばったり出会った。彼なりに恐れを克服してきたのだ。葬儀に参列するために、勇気を奮い起こしてブルターニュにまでやってきたのだった。

まるで骸骨だった。きちんと黒の喪服に身を包み、いつもの黒い革の帽子をかぶっていた。

「自分の持ち物を持ってきなさいよ」と彼女は彼に命令した。

「いやだ」

「うちで寝たら」と彼女は言った。

「いやだ。君にはわからないよ。ここに、この村にまた足を踏み入れるだけで僕がどれだけ混乱しているか」

「来なさいよ」

彼は涙ぐみながら首を横に降った。

アン・イダンは彼に近づいていった。そして、その手を取って、こうささやいた。

「ねえ、今はあなたが必要なの」

彼は旅行鞄を取りにいった。

＊

「トマが葬儀に来たわよ」

「誰が知らせたの？」

「私よ」とヴェリ。「一時期仲良くなってたから。あなたが姿を消してから、彼は何度か私のところにやってきたわ。性的というほどの関係じゃなかったけど……」

「でも、少しはそうだったわけね……」

「泣きに来たのよ」

「そんなことだろうと思ってたわ」

「私を恨む？」

「同情するわ」

「ほんとのこと言うと、自分が情けないわ」

＊

浜辺の小石は濃い灰色をしていた。打ち寄せる波に洗われて砂から顔を出し、転がっている小石は黄色い。陽が沈もうとしていた。海は動きつづけ、たえず咆えている。浜に面している窓の鎧戸を彼女は閉めた。

それから階下に降りた。下にいるジョルジュのご機嫌伺いをするために。彼は居間にいる。彼女の母親のベッドで寝るのだった。テレビを見ていた。

「気分いいでしょ」

「望むべくもないね」

彼はウィスキーを飲んでいる。ぬくぬくと寝具のなかに収まって。パジャマ姿だった。彼は笑う。

「元気を出して」と彼女に言った。

＊

夜になった。

彼女はブーツをはき、黄色の大きな防水服に身を包み、かつてイデルシュタイン夫人が縫ったモヘアの大きなショールを首に巻き、家を出た。

彼女は海岸沿いの道伝いに港に向かう。

レストランを目指している。

風が厳しい。足もとで激しく渦を巻く。

埠頭のはるか遠くに彼の姿が見える。ずっと前からそこにいて、闇のなかを行ったり来たりしていたのだ。

明かりの消えたボートがぶつかりあっていた。

二人は挨拶のキスを交わすこともなかった。彼女が先に歩いた。彼の前を歩きながら「一月のある日、ショワジー＝ル＝ロワで、私の頭のなかで突如光の消えてしまったあの男と私は今いっしょにいるんだ」と思った。けれど彼女はこう言った。寒いんだから」

「レストランの中に入っていればよかったじゃない。

「君が何を望むか、わからなかったから」

「あなただって、何を望んだっていいのよ」

二人は窓の近くの席に座った。彼は相手が何を食べたいのかを尋ねなかった。自分のために巻貝《ビュロ》と舌平目を注文した。酒はリンゴ酒《シードル》にした。

彼女はイチョウガニとワタリガニを選んだ。飲み物は白ワインにした。

話がしたかったんだと彼は言った。

彼は話した。

それは彼女にしてみれば、自分の目の前でえんえんと続く愚痴話に耐えることにほかならなかった。

つまり、彼女は口を挟まなかったのだ。

彼女は考えた。この男は、一度でも私が口を開くことを望んだろうか？　私がものを考えることを。私が生きることを。私が何かに名前をつけることを。

トマの言い分はこうだった。

「僕の携帯に一言もない。君の携帯にはつながらない。僕のオフィスに届いた小包以外は何もなし。僕が愛用していた革のブルゾンも、コートも、スーツも、ワイシャツも、全部消えてしまった。もう何もない。君がしたようなことを、人にできるとは思ってもみなかった。僕らがともに経験したことはすべて何の意味もなかったというわけだ。まったくの無。空の煙さ。それがどれだけ屈辱的なことか、君に言ってもわかるまい……。小包を開けても、君からの手紙はなかった。そこから僕の破滅が始まった。仕事に精を出そうにも出せなくなった。僕は君のオフィスに行ってみた。一月の初めから君はすでに仕事をやめているとロランから聞いたとき、僕はすぐにすべてが失われたことを悟った。僕は酔っ払うしかなかった。やっとわかったか、おまえなんかもう相手にされてないんだ。初めから相手にされてなかったんだ。おまえは初めから存在しなかったも同然なんだ。おまえは土手に上がった魚みたいなものだ。訳もわからず、窒息するんだ。これはとても残酷なことだよ、なぜならすぐに息を引き取るわけじゃないから。日々、少しずつ虚無のなかで潰れていくんだからね。一刻一刻、呼吸困難になっていくんだからね。夜毎、不安は強くなっていった。家も女も、僕が十六年間にわたって愛してきたものすべて、そうとは思わずに僕が想像してきた未来、習慣の数々、無数の夜、何もかもが失われていく……。それらが存在したことを証拠立てる痕跡がすべてなくなってしまう……。僕は正当に苦情を申し立てることさえできなかった。僕は家政婦を雇う金を払っていたし、日々の買い物の代金も払っていたし、旅行の費用も払っていた。僕が君といっしょに暮らすようになったとき、家はすでに君のものだった」

トマは自分の不平を正当なものだと考えていた。

アンはワタリガニの足をしゃぶっていた。

「ここまで思い出すのが好きなのは、きっと精神分析を受けたからだわ」と彼女は考えていた。

彼は、自分の人生を回想することで元気を取り戻しているようだった。

彼は身振りを交えて語っていた。

「僕は鍵穴に鍵を差し込もうとする。鍵が合わない。もう一度試してみる。やっぱりだめだ。僕は目を下に向ける。錠が新しくなっている。頭がおかしくなってるんじゃないかと思う。歩道の上で後ずさりする。車道まで降りてみる。家をじっと見つめる。まちがいなくわが家だ。近くの錠前屋を呼びにいった。

——もちろん、新しい錠に取り替えたんですよ。私が取り付けたんですから。

——なんてことだ！

——どうして？　あの家は何年も前からそこに住んでいるご婦人のものじゃないんですか？

——もちろん、そうだよ。彼女のものだ。でも、僕はそこに住んでいるんだ……。

——そんなこと言われても困ります。自分で取り付けた錠を自分で壊すなんてことはできません。

そこで僕は隣の呼び鈴を押した。僕は尋ねた。

——うち《ラ・メゾン》は引越ししたんでしょうか？

——ええ、お宅《ラ・メゾン》は引越ししたんですよ。

――週末に？

――いいえ、先週ずっと。その間、あなたの奥さんはいらっしゃいましたよ。そりゃもう、引越しは上を下への大騒ぎでした。新たな入居者が近隣のご挨拶に見えましたよ。ブリュッセルからいらしたとか……」

アンは窓のほうを向いていた。

港を、何本ものマストを、闇に沈む邸宅の群れを見ながら、ワインを静かに飲んでいた。

「辛い月日を送ったよ。ホテルの一室を根城にしてね。部屋は快適だったが、僕は激しく憎悪した。夜になって、そこに帰るのを避けるためにあらゆる手を打った。酒を飲んだ。僕は僕の生活に、君に、すべての女に、捨てられたことに脅かされていたんだ、そしてまた幾分かは自分自身にもね」

彼女は港を見るのをやめた。彼のほうに目をやった。

「幾分かは、ね」と彼女は言った。

「君がほかの男と出ていったのではないことは確信していたんだけど、たぶんそのことが、僕の心の底では最悪の感覚だったんだろう。ひと気のない、まったく閑散とした午前二時過ぎの街路をさまよった。仕事はなんとかなった。客の顔くらい空で憶えていたから。でも、顔色は嘘をつかない。僕の話しっぷりも、泣きすぎと飲みすぎのせいで、僕の不利になった」

「飲みすぎのせいでね」

そう言って、彼女はボトルに残ったワインを飲み干した。

「だけど、発音がもたつくとか顔色が冴えないとかいう理由だけでくびにはならない。ロンドンに出たいと願ったのは僕自身さ、パリをもう見たくなかったからね。交渉したわけさ」

「なるほど。で、ヴェリのことは？」アン・イダンはとっさに返した。

彼はまたもや自分を正当化しようとした。彼女は立ち上がった。海岸沿いの道をゆっくりと帰っていった。

第十一章

「九歳のときから、僕は一度もここに来たことがないんだよ、ヴェリ」

ジョルジュは四十年ぶりにブルターニュを訪れたのだった。

「あなたを生んだ土地なのに!」

彼は脱いだ黒い衣服を砂利の浜にそっと畳んでいるところだった。

パンツ一枚になっていた。

寒さに震えながら、彼は波に向かって降りていった。

「さあ、ヴェリ! さあ、アン!」

「狂ってるわ」とヴェロニクがつぶやいた。「死んじゃうわよ! 私は行かない」

「四十年ぶりだから。水の好きな女の子のわりには、あなた、臆病ね」

彼は恐ろしく痩せていた。波のなかにどんどん入っていった。風が吹きつける波の泡に包まれて、がたがた震えていた。彼は振り返って、アンに呼びかけた。

「さあ！　来いよ！」

「寒すぎるわ」ヴェリが繰り返した。「バカな真似はやめて」

その努力の甲斐もなく、今度はアンが服を脱ぎだした。

「ブラジャーなんか外してしまえ！」

彼女はブラジャーを外した。綿のパンティだけになった。彼は手を差し出して、彼女を水に誘った。二人は六歳の子供になっていた。彼は三かき泳ぐと、ただちに浜に上がった。彼女は自分でも信じられないほど長々と泳いだ。海の水は思ったほど冷たくなかった。

＊

二人はシャワーを浴びた。ヴェリは居間で彼らを待っていた。アンは前日の無意味な夕食がどんなものだったかを語った。ジョルジュは彼女に言った。

「あなたたちに子供がいたら、今もいっしょに暮らしていただろうな」

「おそらく」と彼女は答えた。

「もっと束縛されてた」とヴェリ。

「もっと不幸だった」とアン。

「そんなことはないと思う」ヴェリは譲らなかった。「子供は、子供を作るのは自分たちだと思っている男と女を作りかえるのよ」

「もっと社会的になるというわけだ」とジョルジュ。

「観念しちゃうのよ」アンがつぶやいた。

「でも、そんなこと可能なのかしら？」今度はヴェリがつぶやいた。

「深みがなくなり、誇りがなくなるのさ」とジョルジュ。

「そのとおり」

＊

彼女は立っていることができなかった。追悼ミサの間ずっと、最前列で座っていた。司祭の口から出る空疎な安堵を誘う言葉が不快だった。

彼女は目を閉じていた。

ミサが終わると、教会のポーチの下で最初の葬送の儀式が執り行われた。

彼女の母は生前から、ここから四十キロ先の、実家のある村の、実母が眠っている地下墓所に埋葬されることを望んでいたのだった。

＊

掘り返された土のむっとする臭いが彼女の鼻をついた。開かれた古い墓所の縁、墓石の近くに土は積み上げられていた。

そこでもまた葬列の行進があった。だが、参列者の数はずっと少なかった。

ブルターニュ風の小さな塀が礼拝堂を取り囲んでいて、その塀に沿って国道が走っていた。

次から次へと通りかかるミルクや野菜のトラックがカーブでブレーキをかけずシフトを落として走るので、ものすごい騒音を立てていた。

彼女は土を投げ入れた。そして第二の葬送の儀式が執り行われた。

司祭が彼女に近づいてきた。国道沿いに停車している高級車を指さした。

彼女に話があると言っている人がいるという。

「誰ですか？」と彼女は問い質した。

だが、ふと誰だかわかった。危うくその場で倒れるところだった。彼女は振り返らなかった。

「私にその気はありません」と彼女は言った。「私にその気はないと、その人にお伝えくださ い」

＊

彼女は振り返らざるをえなかった。杖をつき、おぼつかない足取りで彼女のほうに向かってやってくる老人が見えた。彼女はその老人に背を向けると、走り出した。叫びながら墓地を出た。

第四部

第一章

とても小さかった。九十歳を越えていた。しわくちゃの小さな林檎のような顔をしていた。髪は真っ白になっていた。ポマードで後ろになでつけられていたが、あまりに短く刈り上げられていたので、少し逆立っていた。目の色が薄い。語り口は素っ気なかった。村には行きたがらなかった。浜辺の家をまた見たいとは言わなかった。

漁師が波止場でイセエビを売っていた。

「さあ、おいで、娘や。腹がへっているんだ。私はイセエビに目がなくてね」

二人は漁師のいるところからそんなに離れていないカフェに入った。店内は騒がしかった。ビリヤード台の近くの席を選んだ。

彼は注文したイセエビを信じられないほどの貪欲さで食べ始めた。

「私の名字をなぜ名乗らなくなった？」

彼女は無力の仕草を示す。

「おまえはとてもきれいな曲をいくつも作ったね」と彼はすぐに言葉をかぶせた。

彼女は泣く。

「私、よく不思議に思ったことがあるんだけど、パパは戦争中、抵抗していたの？」

彼はグラスを手にした。中に残っているロワールの白を飲み干した。

「いいや。みんな反ユダヤ主義者だったからね。共産主義者もレジスタンスの闘士もファシストも王党派も、みんなね。だから隠れたんだ。考えていたことはただ一つ、逃げることだった。出て行くことは逃げることだ。私は生涯ずっとそうやって生きた。私はそういう男だ。ひたすら逃げた」

「わかるわ」

「どうしておまえがそんなことを言う？」

「だって、私もずっと逃げているからよ、パパがいつも逃げているように」

「そうさ、私はずっと逃げてきた。音楽のおかげでどこでも食える。葬式と結婚式はいつでもどこにでもある。私のやってきたことはただの楽隊《ムザーク》、おまえのやっているのはちゃんとした音楽《ミュージック》だ」

「それは違う！」

「いいや、ほんとだよ。でも、最後の結末を思えば、たいした違いはない。私やおまえのような音楽家は、この地上のどこかの橋のたもとにひざまずき、端金を乞うて生きていくことになるかもしれないのだから」

＊

「おまえの煙草を一本もらえないかな？」

「どうぞ」

彼はラッキーを一本取った。そして言った。

「私の場合は日常の雑事の助けを借りないかぎり、憂鬱から抜け出すことはできなかった。細々とした仕事をして時間を埋めることで、この人生でかろうじて浮き身を保ってきた。時間を埋めるという言葉を使うとき、私は自慢しているのだ。なにしろ私は三十分刻みで時間と格闘しているのだから！」

「それなら私はまさにあなたの娘だわ」

「おまえが私と同じようにいつも孤独であったのならば、おまえはまさに私の娘であっただろう」

「あなたがいつも孤独で、私が孤独でなかったと言うだけの根拠はあるのかしら？　私について、何を知っているというの？　知ろうとしたことなんか一度もないくせに」

「大きな声を出すな！　そういうのはたまらん！」

「私はしたいようにする。泣きたければ泣くわ。あなたは居残るべきだったと私は言っているのよ。あなたは居残れた。居残ることができたはず。少なくとも連絡くらいはできたはずだわ。誰もがしていることでしょ。何の音沙汰もなくママを放っておくってことはないわ。クリスマスにカードの一枚くらい送れるでしょ！　感謝祭《サンクス・ギヴィング》でもいいし！　ローシュ・ハッシャーナ〔ユダヤ暦の新年祭〕でもいいし！」

「ローシュ・ハッシャーナを覚えているのか？」

　彼女は答えなかった。

「私が言いたいのは、ふつうの人がやることをすべきだということよ」

「違う。それは違う。おまえの言っていることはおかしい。これまでの人生で、私はふつうの人などに出会ったことはないぞ、娘や」

「会いに来たこともない相手に向かって、娘、娘って言い過ぎだわ」

　彼はまた話を続けた。

「万人に対する愛などというものはない。ふつうの生活などというものもない」

「そういうことなら理解できるわ」

「娘や、おまえにはまだ理解すべきことがある」

　だが、彼女の耳は奇妙な耳鳴りがしていた。もう何も入ってこないのだった。あたかも、彼女の肉体の底にはまだ現れていない苦しみをなおも咀嚼しているとでもいうように。

*

二人は突堤の上を歩いた。

「ほらね、私は老いぼれてはいるが、歩けるんだよ。これまでずいぶんたくさん歩いてきた。毎日、長く歩くのが好きでね。歩いていると、もっとも古い記憶がよみがえってくる。というのも、子供のころには、いくらか幸福だったからね」

「私は違うわ」

「私には物静かで上品な祖父母がいた。おそらく彼らに会うために散歩しているんだろう。これからはだんだんそういうこともできなくなるだろうが」

「私も毎朝、たくさん歩くわ、毎日欠かさず」

「私は歩くが、周りのものが目に入ってくることはめったにない。見えるのは決まって過去の失われた場所だ。高等学校が見える。カラーの地図がわずかに見えるが、とくに見えるのは、校庭の隅に建っている木造の二つの小屋だ、その息詰まる穴蔵だ。そこにやってくると、まずはストーブの近くに立っている鉄の外套掛けにコートをかける。そこには雨の、湿った毛糸の、チョークの、埃の、むっとするインクの、思春期の若者たちの鼻を刺す汗の、さまざまな臭いが入り混じっていた。みんな死んでしまったよ、同じクラスの連中は。コンピュータで捜してもらったんだ。だから私はこうしてここにいる。生き残っているのは二人だ。彼と私だけ。そうなんだ、私がここにいるのは彼のためなんだ。おまえのためにここに来たんじゃないんだ、おまえはそう思っているかもしれないが」

「私はそう思っているわよ」

「私はあの時代と別れたことはけっしてないんだ。私は逃げたが、このどうしようもない土地と別れたことはけっしてないんだ。ショール一枚首に巻いて働いたもんだ」

「それじゃ、私は生まれてないの？」

「生まれたさ、でも、おまえが生まれ、おまえの弟が死んでからは、本当に生きたことはなかった」

「パパ、やめて。あなたは私を傷つけているのよ」

「それならやめる。そういうつもりはないから。おやすみ、娘や。もう休もうじゃないか」

彼女はおずおずと尋ねた。

「本当にうちで寝る気はないの？」

「あたりまえさ。あの家は嫌いだからね。ホテルに帰るよ」

「あなたは何をしに来たの？」

「お母さんが死んだ今こそ、有益なことを教えるために」

＊

そのホテルの部屋で。

「夜、海に面したブルターニュにいるときは、できるだけ遅く家に帰ったものだった。敬虔なカトリック教徒だった妻はいつも怒っていた。おまえは始終泣いていた。おまえの弟はかわいそうに、ヨードチンキをいやがって揺りかごの中で泣きわめいていた。夜のどんな時間でも手を差しのばして、抱いてくれと泣き叫ぶんだ。彼にとって運が悪かったのは、とてつもない臭いを発散させていたうえに、私があまりに音楽家で、そのうえユダヤ人だったから、わめき声には耐えられなかったのだ。私にとって叫び声とは、あそこのことなのだ。戦争のことなのだ。このブルターニュの町はとても小さく、カトリックに凝り固まり、とても疑り深く、警戒心が強く、たがいを監視しあっている。私の味方は誰もいなかった。おまえの母親もおまえも弟も、この空虚を埋めるには至らなかった。おまえたちはある意味では生命力がありすぎた」

「自分が何を言っているのか、わかっているのかしら？」

「自分が何を言っているのか、完全にわかっているよ。最悪なのは、おまえに嘘を言うことだろう、金持ちになるためにアメリカに渡ったとか、ほかの女と懇ろになるために出て行ったとか思わせることだろう。たしかに私はロサンジェルスで暮らしているし、金持ちになったし、ミュージックだかムーザックだかムーゾックだかをやっているし、おまえのお母さんも逝ってしまったことだから、再婚しようと思えばできる。あのときは死者たち――私の言っているのは本当の死者たちだよ――をむごたらしく裏切ってしまったからね、おまえのお母さんと結婚したことでね。お母さんが悪かったんじゃない。彼女のおかげで書類を揃えられたんだ。私は生きていた。ぬくぬくとした生活をしていた。うまいものを食っていた。音楽を教えていた。私は風と闘っていた、帽子を目深にかぶって自転車に乗り、あちこちでブルターニュ人にピアノを教えていた。そして誰もが私に向かって大声をあげていた」

「パパ、ニコラは赤ん坊だったし、私だって子供だったのよ」

「そのとおりだ。ニコラは赤ん坊だった。おまえは子供だった。おまえのお母さんはいつも祈っているブルターニュの女、めそめそしていて、とても優しく、すばらしく料理がうまく、こちこちのカトリックだった。まさにそのとおりだ」

「それで？」

「それで、私が必要としていたのは赤ん坊でも、子供でも、涙もろいカトリック教徒でも、腕のいい料理女でもなかった」

＊

ホテルのロビーで。

「そうだろ、人は愚痴をこぼすことで虚しさを満たすことはできないんだよ。おまえが自分の曲をあれほど唐突に中断してしまうのもよくわかる」

彼は口を閉ざした。

「そうさ。おまえはじつにすばらしい。おまえの写真を見て、なにもかもわかった。私はおまえの作品を買っているんだよ。とくに二回目に録音したディスクはすばらしいと思う」

「それならそうと言ってくれればよかったのに。連絡くらいできるでしょ」

「いや、いや……」

「話はもういい。思い切り泣かせて」

「おやおや、おまえはやっぱりフランス女だな！　やっぱりお母さんの娘だよ！　やっぱりカトリックだよ！　思う存分泣くがいい！」

彼女は笑った。

第二章

海はあいかわらず騒がしく、緑で猛々しかった。彼らはヴェリの四駆に乗って戻ってきた。薬局の裏庭に置いてあった椅子はみな風でひっくり返り、車庫の扉に押し寄せられていた。彼らはそそくさと夕食をとった（エイの冷製、クレソンのサラダ）。ヴェリはまた彼らを車で連れ戻した。

ジョルジュは、こんなに高い波が黒い砂浜で崩れ落ちるのは見たことがないと言い張った。

「それはあなたの記憶力がよくないからよ」とヴェリが言った。

「ジョルジュはどんどん記憶力が落ちているから」とアン。

海の波が一気に階段をまたぎ越し、庭に上がってきた。アジサイの根もとを取り囲んだ。家の正面の漆喰を舐めにきた。

アンは長靴を履き、ヴェリを介して即座に売りに出すことにしたこの広大な家を眺めていた。

母親はその生涯にわたって、よくもたったひとりで、たくさんの部屋と、風と海の暴力と、途方もない仕事の数々に耐えてきたものだと思った。

その間、アメリカでは、彼女の父親はロサンジェルスの町で、妻が死んで晴れて再婚できる日を待っていたのだ。

このだだっ広い邸宅に残された女二人はとても不幸で、孤独だった。

*

彼女は振り返って、最後にもう一度、荒れる海を見つめた。窓の刺繍を施した亜麻のカーテンがまとわりついた。

孤独のなかで、母親が一枚一枚刺繍をしていったカーテンだった。

彼女は窓の扉を開けた。

耳を聾する潮騒が居間に侵入してきた。

生涯、絶え間ない潮騒の音に包まれて暮らした人生だった。幼い息子に先立たれた母の人生。夫に見捨てられた妻の人生。そして、そのあとの日々は娘と遠く離れて暮らした人生だった。

アンは不安にかられて、泡の残ったアジサイの根もとを、うねりながら浜辺へと降りていく階段を見つめていた。

夜の波は徐々に引きながら、あとに残った階段を艶々と輝かせていた。

砂は木々の葉と同じ栗色になっていた。

*

土手の上に並ぶ家々を遠くに見やりながら、彼女はうずくまって膝を立て、その膝の上に顎をのせ、長靴のゴムの臭いのなかで、潮の引いた砂浜を渡る風に吹かれていた。

海辺に座っているだけで——あるいはうずくまっているだけで——彼女の歌は消え去っていった。

彼女は波を前にして、波の崩れる大音響に包まれ、ますます騒がしく、膨れあがる灰色の広がりと波のリズムに呑みこまれながら、何時間も時を過ごすことができた。そこで彼女は自分の歌を失うだけでなく、自分の人生の記憶をも、肉体感覚をも失うのだった。

*

彼女はジョルジュとともに列車で帰った。

パリ＝モンパルナス駅へと二人を運ぶ列車の中で（そして、パリのリヨン駅からテイイへと二人を運ぶ列車の中でも）、アン・イダンは駅で買い求めた雑誌を一冊も読むことができなかった。

ジョルジュは小説を読んでいた。やや毛深いその指も、ワタリガニの脚のように痩せていた。

＊

二人はブルゴーニュの道をブルターニュの道よりもなお歩きにくそうに歩いた。枯葉の巨大な絨毯が大地に敷きつめられていた。枯れ葉が舗石に張りついていた。靴底にもくっついた。十一月、アンは栗の大きな葉の上で足を滑らせ、踝を挫いた。けれど、頭から突っ込んだ枯葉のにおいは、海からの塩辛いにおいよりははるかに芳しかった。

それから何日ものあいだ、足の不自由な彼女を別のにおいが取り巻いた。菩提樹の木立が続く河岸の道のあちこちに設置された大きな焜炉で燃やされる枯葉の、やはり陶然とするにおいだった。

さらには、十一月も末になると霧が出て、そのなかでは互いの姿を認めることすら難しくなった。

転んだときにひどく足を痛めたので、彼女は二十日ほど外に出られなくなった。ジョルジュが彼女の世話をした。ある夜、彼は、エリックが死んでからというもの、こんなにすばらしい日々を過ごしたことはなかったと彼女に言った。彼女はひたすら自分をいたわりながら時を過ごしていた。あまり話はしなかった。午後はエラールの脆弱な音を響かせて過ごした。

＊

クラウス〔ヨーゼフ・マルティン〕はグルック〔クリストフ・ヴィリバルト〕だけを愛した。彼が書いた曲をすべて演奏し、それしか演奏しなかった。それをピアノ曲に移し替えた。いつもそれを口ずさんでいた。ひたすら献身の生涯。

彼の人生はクラウスの人生に似てきた。

ジョルジュは彼女がピアノに向かって仕事をしている——曲を凝縮している——のを聴きにやってきた。

そして、六時になると、ジョルジュは暖炉に火を熾す。彼がささやかな食事の支度をするために台所に入ると、彼女は本を読むために暖炉の前に移動するのだった。

＊

あの懐かしい、温かい肉体との接触をひとりで回復すること、

あのすばらしいにおい、
しっかりと支え、抱きとめ、あやしてくれる腕、
安堵させてくれる音。
肉体がとぐろを巻く巨大なソファ、
黒々とした奥処で火が立ち上る大きな暖炉、
トースター、果物、花々、冬も夏も家の中にあり、
ときに思い立って花弁をもみしだくためのラベンダーを挿した大きな花瓶、
窓際の、でも焼き焦がす太陽光線からは守られている素敵な椅子、
ターンテーブル。

＊

彼女はイジー・ベンダに没頭していた。

ベンダの作曲した『王女メディア』は、かつてモーツァルトを完璧に虜にしたことがあった。

＊

アン・イダンの曲の特徴は、その突然の中断にあった。終わりがなかった——が、いかにも不用意に、最悪の、もっとも苦しげなときに、次の展開がもっとも期待される、そのときの、唐突な沈黙はあった。かつてバグダッドでは、闇が明け染まるころ、シェエラザードもまた、その夜の終わりを語りの終わりで締めくくることをしなかった。少なくとも彼女は、楽曲の連続性の断絶について人から非難されると、こんなふうにやや謎めいた論拠で応じるのだった。

＊

彼女の作る曲は難しかった。大多数の聴衆は彼女のしていることに関心を示さなかった。しかし、熱狂的なファンはいた。そして、彼女が生きていくに十分な数の熱狂的なファンがいたのだった。彼らは自分の琴線が震えたと感じているのだった。そして手紙を彼女に書き送った。それによって自分は生きている、毎度のことながらそれを再確認するたびに、彼女は茫然とするのだった。一部の人々にとって自分はそれほど大切に思われているのかと思うと、一時間か二時間は感謝の気持ちに満たされた。でも、たちまちそういったことは忘れてしまうのだった。

＊

十二月はひどく冷えた。秋の太陽はまばゆく、さながら卵の黄身だった。空はとてつもなく美しく——イタリアの空よりもはるかに青ざめていた。ブルゴーニュに冬が来たのだった。

地面に落ちて黒ずんだ最後の赤い枯葉を踏めばガサガサと鳴った。人間たちの鼻からはき出されたほのかな蒸気が口のまわりにまとわりつくようになっていた。犬たちもその吐息を地面すれすれにはき出していた。灰色の光が彼らの影を地面に押しつけ、そこを通り過ぎる人間たちの影よりも色濃い染みをつくるのだった。

第三章

ガラス戸を開けると、サボテンがたくさん並んでいるテラスに通じていた。そこからロサンジェルスの街の大半が一望できた。アン・イダンは、十日ほど前に執り行われた結婚式に出席するのを断っていた。それだけでなく、父親には――空港から電話したときに――彼女の母親の代わりに結婚する女性に紹介されることも望まないとはっきり伝えてあった。

若い家政婦が彼女をリビングに招き入れてくれた。白髪を刈り上げ、極端に小柄な老いた父親は杖もつかずに出てきたので、やや足もとがおぼつかなかったが、両腕を前に差し伸べて、豪華な蘭の花を娘に進呈した。

彼女は礼を言った。

彼はやや無理をしてほほえんだ。

彼女がまだ腕に大きな白い蘭を抱えているのに、彼はヤマハの黒いグランドピアノを指し示した。

「いったいどういうつもり?」

彼は両腕を大きく開いた。

「お別れをするため?」彼女は小声で言った。

彼はうなずいた。

明らかに言葉が出てこないのだった。

「い、もうお別れするの?」彼女は思わず繰り返した。

彼女は胸を詰まらせた。感動は伝染する。その感動は彼女の意志よりも大きかった。彼女はしばらく蘭に鼻を埋めて泣いた。

「パパ!」と彼女は言った。

彼は困惑していた。

彼女は花を床のタイルに置いた。リビングの引き戸の近くのタイルに直に置き、家から出て行こうとした。

二人は多くを語らなかった。

沈黙を繰り返したあげく、彼女はこう尋ねた。

「パパ、私にはわからない。どうして私たち、もう会っちゃいけないの?」

「あまりに辛いからだよ」と彼は言った。「それに私の新しい妻が、おまえに会うのを拒絶されてひどく傷ついている」

そこで、二人はもう二度と会わないと約束をした。

彼はみずから注いだ煮出しワイン〔葡萄果汁を加熱して作るワイン〕の半分も飲まなかった。

「弾いてくれないか」彼はピアノを示して言った。

「その前にいっしょに曲を作らない？」と彼女は答えた。

「おまえの曲はどれも移し替えたものかい？」

「そう」

「私もだよ」

「私たちの天与の才ね」

「ミサイル（Missail）もそうだった」

「ミサイルって誰？」

「ミシェル。私の父親はミシェルという名前だった。ママはミサイルと呼んでいた。彼女に関することで唯一残っている記憶だ。私はときどき、その名が私の内部で呼ぶのが聞こえることがある。そういうのをフランス語ではなんて言う？」

「そんなこと知らないし、どうでもいいじゃない。低いテーブルの上にハイドンのトリオがあったわ、それを連弾に移し替えたらどうかしら」

「そうしよう」

彼女は楽譜を取りに行った。
その楽譜をヤマハの上で開いた。
二人は並んで立って、それを読んだ。
それからピアノの前の椅子に並んで座った。
彼女は苦しくて震えた。
二人とも目を閉じた。
そして演奏した。

第四章

ヨンヌ川が凍った。恐るべき寒さになった。水道管がひび割れた。屋外の地面はどこも氷で覆われた。裏通りは歩くことも、車を走らすこともできなかった。目抜き通りと橋の上だけは毎日砂がまかれたが、それでも、そこを通ろうものなら、たちまち転んでしまうのだった。ジョルジュは日々をベッド――すでに暖炉の前に移動してもらっていた――の中で過ごしていた。ガスボイラーも電気の暖房装置も暖炉も目いっぱい働いていた――それでも室温は十五度まで達しなかった。空は濃い灰色だった。光も濃い灰色だった。

この家のコルク張りの二階の部屋は、実際にそこで彼女が暮らしてみると、きわめて仕事に適していることがわかった。

川しか見えなかった。鴫の声、白鳥のしわがれた鳴き声しか聞こえなかった。部屋はすっきりと片づき、とても明るく、とても白く、白い小さなベッドと白い小さなテーブルが備え付けられていて、彼女はそのテーブルの上にコンピュータを置き、下に置いたプリンタから、新たに発掘したい楽譜であれ、再読したい楽譜であれ、お望みの楽譜を印刷できるようにしていた。ベッドの脇に置いてあるプラスチック製の白いナイトテーブルには三つの引き出しがあり、上にはノートや本が積み上げられ、引き出しの中には鉛筆、消しゴム、フェルトペン、修正ペン、はさみ、接着テープなどがぎっしり詰まっていた。

彼女はいつになく仕事をした。

作曲に取り組むことも多くなった。ともに目覚め、語らいたい幼い少女の丸い頬に捧げるべく何かが、彼女の内部にせり上がってきたのだった。

下の部屋はもっと散らかっていた。いくつもの本棚、CDプレイヤー、クッション、あちこちの隅には瑞々しい花もしおれた花も挿してある花瓶、それに巨大な古い鏡もあった――そこに映る彼女はほとんど生気を失っていた。そして、その「ちっぽけな小屋」、こじんまりとした「作曲小屋《コンポニア・ハウシェン》」での仕事を終えると、ジョルジュの待つ大きな母屋に戻っていくのだった。

彼女は儀式のようにジョルジュの家の居間に赴き、お茶の時間にピアノを弾いた。

自分のために弾いているのではなかった。ジョルジュのために弾いているのだった。ますます曲作りに励むようになっていたので、作曲を一休みするために弾いているのだった。彼女は、クラウスがグルックの曲を弾いているところを想像しつつ、半年クラウスの曲を弾いた。彼女は、モーツァルトがショーベルト〔一七三五？―六七〕を弾いたように半年ショーベルトを弾いた。（彼女は、ラドニツキーがハイドンを弾いたように半年ハイドンを弾いた。）まるで自分は革命前《アンシャン・レジーム》の音楽家のようだと思った。彼女の曲は三、四人の狂信的貴族によって演奏されていた。音楽の世界市場は、様々な群れの、共同体の、国家の、宗教の多様性に遍く貢献してきた（ジョルジュに言わせれば、民衆的な歌、愛国的な歌、狂信的な歌、等々）。残るは独り者、無神論者、狂人、周辺人、それに鳥たち。

*

An die Musik, 音楽のために。
An mein Klavier, 私の鍵盤のために。
彼女はその手に黒く平らな小石を握りしめていた。

*

蜘蛛の巣は、その大きさ、その形、その丈夫さ、その囮、その美しさに応じて、その巣に必要な蜘蛛を編み出すと言われている。
作品は、作品に必要な作者を創造し、それにふさわしい伝記を構築する。

音楽学者たちは、彼女のとても短く儚い楽曲についての、とてつもなく複雑な研究論文を書き上げた。実際は、アン・イダンの音楽は苦痛のしるしを帯びているにすぎなかった。

それはごく単純な苦痛だった。

表立つ光の底をなす癒しがたい苦痛だった。

彼女は恥じらい、背を丸めて縮こまる――その丸みは、影の記憶をともなって不意に出現する深淵へと通じているのだった。

＊

＊

彼女はどこに行っても、ますます異様になる自分の歌といっしょだった。

彼女は自分が失ったものたちに呼びかけているのだった。

ピアニストのマグダレナ・フォン・クルツベック〔ハイドンが最後のピアノ・ソナタとピアノ・トリオを献呈した相手〕は、ハイドンが一八〇八年に最後の演奏会を開いたとき、その場に立ち会っていた。

アン・イダンは、それまで出版されたことも演奏されたこともないが、比類なく美しい彼女のソナタを刊行した。

この作品を選んだことについては、言及されることのなかった理由がおそらくあった。アンはそれに気づいていないようだった。彼女自身はこう言った。

「マグダレナ・フォン・クルツベックは伝えるのを好んでいたのです。彼女はハイドンを伝えました。私も忘れ去られたものを伝えるのが好きなのです」

アンは、アメリカのジャーナリストには、こうも語った。

「蜜蜂の世界では、働き蜂は成長とともに仕事を変えます。最初の数日は掃除係、次に乳母役、そして成虫となってからの第二旬目には蠟係となり、最後の死ぬまでの日々は花の蜜をあさる係になります。私も老いて、蜜をあさる係になったのです」

＊

彼女はますます奇妙な、ますます短い歌を作るようになった。しかも、ぎくしゃくとしたリズムで繰り返される長い沈黙があちこちにあるので、彼女が作る曲の特徴をなす悲哀にある種の野趣が加わるのだった。

＊

フーゴ・ウォルフは唖然として、創造の衝き上げがやってきたときの時間と日付を、自分の楽譜に記入する習慣があった。八時、六月五日日曜、自室にて。十二日月曜、十三時三十分、森の中を歩きながら。

＊

アン・イダンいわく、

「音楽は、楽器なしで、立ったまま首筋をまっすぐに伸ばし、口もとを引き締めた状態で、上半身全体の空間に広がるようにして、私の内部におのずと形作られます。性的な絶頂と同じように、音楽は頭の真上にやってくる。楽器を前にして、あるいは楽器の助けを借りて、あるいは楽器に導かれて作られたものはどれも、あくまでも楽器に与えられるものに従い、楽器のほうに向かうものだから、それは音楽ではなくなってしまう。肉体がなおざりにされているのです。それは楽器の演奏でしかない。どの楽器も逸れる。声そのものも、楽器と見なされ、アリアを歌う道具と考えられるかぎり、声そのものへと引き寄せられ、音楽からは逸れていくのです」

＊

外が晴れれば、彼女は散歩に出た。

朝が終わるころ、ジョルジュはパン屋からの帰り道、河岸の壁に背をもたせかけている彼女の姿を目にした。荒い息を吐きながら彼女の前を通り過ぎるジョガーには目もくれず、うつむいて物思いにふけり、いまだに朝の仕事にとらわれていた。

さらに一時間後、ジョガーたちがひっきりなしに通り過ぎ、その姿はますますむっちりと、ますます不快感を誘い、顔は赤らみ、汗ばみ、恍惚の表情を浮かべ、とてつもなく醜悪になっているのだが、そうなっても彼女はまったく気づかないのだった。

彼女がヨンヌ川を渡って戻ってくると、濡れた靴でタイルの上を歩くので、ジョルジュはすぐに彼女が帰ってきたことに気づくのだった。

＊

ジョルジュは薪を運んだ。じょうろも運んだ。金槌を、針金を、釘を運ぶこともあった。剪定ばさみを手にうろうろすることもあった。

彼はぶつぶつ言った。

「聖歌隊の指揮者が暖房用の薪を、ラムのお湯割りを、蠟燭を待っているんだ」

彼はバッタのように痩せ細った。髪の毛は一本もなくなっていた。服用している薬のせいで、話し方がゆっくりと穏やかに、か細く曖昧になった。

「エリアンヌ、できればね、僕の人生の最後の時を、もう少しおおやけに、もう少し表立ったかたちで分かち合ってくれるとありがたいんだけど。僕個人としては、君が誰の目にも僕がこの世で何より大切にしているものだということが明らかになれば、こんなに嬉しいことはないんだけどな。そうしたら、僕は旅立てる」

「ちょっと待って、ジョルジュ。ありがとう。きっとよくなるわよ。私はここにいるでしょ」

「エリアンヌ……」

「もうやめて、ジョルジュ。目を開けて、私はここにいるわ。完璧にここにいるでしょ。ここで生きているでしょ。ここで税金も払っているし。私たちいっしょに暮らしているじゃない。こういうの、とてもすてきじゃない」

彼女の言い分はこうだった。

「私はもう、お客さんなんか迎えたくないの。もう誰も待ちたくないの。もう誰も頼りにしたくないの」

「それじゃ、あまりに傲慢だよ。感じ悪いよ。言わせてよ、アン……」

「どうぞ」

「君は優しくない」

「そのとおりよ。私が小さかったころ、ヴェリとあなたは学校でいつも私に対してそんなことばかり言っていたんでしょ。で、今も、ここ三年、あなたはやっぱり同じ愚痴を繰り返している」

*

五十歳だというのに、彼は子供のように三日間ずっとすねていられるのだった。斜に構え、口をとがらせ、眉をしかめて。

*

共生の状態では、二つの有機体は相互に惜しみなく救助と養分を与えあうと言われている。

まずは援助と警戒。

養分はその次（ジョルジュが優先すべきはむしろこっちのほうだったかもしれない）。

共生においては、一方が他方にもたらすものの割合に応じて、不可抗力的にどちらかがどちらかを搾取することになる。もしたまたま、どちらか一方が相手の優位に立とうとすることがあるならば、相手を窒息させることがある。どちらか一方が相手を飢えさせれば、相手は死んでしまう。

共生は平衡関係ですらない。それはきわめて不安定な抗争状態である――ブルゴーニュ地方の空における天気のように。

平等はかつて実現されたこともなく、実現される可能性もなく、やってきては消え去り、またやってくることをたえず繰り返しているにすぎないが、ひたすらそれを追い求めることで、共生はかろうじて脈打ち、生きつづけることができるのだ。

二人の考えは途中で一致するようになった。

そして、二人の考えはもっと短絡するようになった。イントネーションで。さらにもっと前、口を開くか開かないか、口の周辺に微妙な震えが走るだけで理解するようになった。冬には唇にまとわりつく湯気で。においで。不安で。吐息だけで。

彼らは真に生活をともにするようになったので、言葉を交わさなくなった。

彼女はもう若くなかった。命は肉体の奥のますます深いところで生成するようになった。十枚のショールで包まれた、その尖った顔は電球のような光を放っていた。

ジョルジュはこう言った（このほうがもっとわかりやすいと言わんばかりに）。

「言葉では伝えられない何かが、このひとに伝えられて、僕の人生を照らすのだ」

＊

アンがジュリアにこう言っていたのを私は思い出す（彼女が海を見下ろす場所に借りていた細長い別荘でジュリアとマグダレナといっしょに暮らしていたころのことだ）。

「人がまだ子供のころは、愛する人の肉体のあらゆる部分が光を放っている。それは太陽の世界に由来する光ではない。その光は子供の心からやってくる」

第五章

ミラノで。

またもや彼女は、ペルナンブコの材木でできたエレベーターのガラス戸を押した。アパルトマンのドアはわずかに開いていた。彼女はそのドアを押した。そして閉めた。そのまま玄関で立ち止まった。思春期にそうだったように気後れしたのだ。

サロンには誰もいなかった。ピアノの蓋は閉まっていて、カーテンも閉ざされていた。

彼女はその部屋を出た。

食堂に入ると、ひどく年老いた男が座っていた——大きな黒のテーブルを前にして、何もせず。彼は戸口のほうに顔を向け、彼女をまじまじと見つめた。その目に彼女はおびえた。異様な目つきだった。やがて、彼女が誰だか思い出すと、そのひどく老けた顔が輝いた。彼は立ち上がろうとした。

「そのまま！　そのまま！」彼女はそう叫びながら駆け寄った。

そばまで行くと、前屈みになって、老人の手を取った。

彼の唇も声も震えていた。

「ああ、私の大好きなアン」と彼は言った（彼は英語で話した）。

彼は声を張り上げ、かつての声を取り戻そうとした。

「私の大好きなアンがこうしてわざわざ私のところまで来てくれて、ほんとうに嬉しいよ」

彼女は周囲を見まわした。部屋はいつもと同じだった。低く、細長く、照明が暗く、五十年前よりなお、がらんとしていた。この部屋に招き入れられることはめったになかった。梁はあいかわらず黒々として目立ち、威圧的だった。暖炉は空——そして暖炉の上には黒い十字架。絵のたぐいはまったくない。かつてと同じ沈黙。同じ暴力。

*

空は灰色で、ひどく暑かった。飛行機から降りると、十メートル先に長衣《ブーブー》を着た牧童が杖にもたれて、ぼんやりと自分のほうを見ているのに彼女は気づいた。
三、四頭の山羊が、そこからやや離れた滑走路に生えている灰色の草を食んでいた。
小走りに近づいてきたタクシーの運転手に、彼女は旅行鞄を渡した。それから何時間もえんえんと貧しい街路を走り抜けた。そして、すばらしいサロンに到着した。黒人の調律師が十九世紀の古いプレイエルに向かって、まだ仕事を続けていた。

*

オーストラリアにて。

彼女の長期にわたる記憶力はよくなかったが、一瞬の記憶力は強力だった。そのわけは単純だった。ワインを飲むと、彼女はすべてを忘れた。夜になると、すべてを忘れるのだった。演奏しているとき、録音しているとき、彼女は飲まなかった。日常の時間はひっくり返った。日が暮れると、自室にこもり、読んだ。どんな楽譜でもかまわなかった。オーケストラ、四重奏、三重奏、オルガン曲、歌曲。たちまち暗譜した。楽譜はすぐに片付けられた。目を見開き、ホテルの部屋にしろ、小屋の部屋にしろ、飾り気のない壁（というか、額縁、写真、シルクスクリーンの類が掛かっていれば、すべて取り外してしまうのだ）を前にして、虚空に浮かぶパノラミックなイメージに見とれるのだった。

全神経を集中させ、背筋をぴんと伸ばし、慎重に――自分が得たヴィジョンから何ひとつ逃さないために――コンサートホールへ、あるいはスタジオへと降りたち、そこのピアノへと向かっていくのだった。

彼女はまったく異なる――昼と夜ほどにも違う――二台のスタインウェイで録音した。どちらも深い、キー・ストロークのとても深い、極上のスタインウェイだった。

スツールに腰かけ、両手を持ち上げたまま、長い沈黙を保つ。そして、いきなり演奏へと突入するのだった。

精神集中の作業はすべて小屋でおこなわれた。技術者たちは待機していた。そこへ彼女が降りていく。彼女は一度しか録音しなかった。

＊

シドニーでは、ウォーレンのアパルトマンで寝ていた。ウォーレンにはこんなふうに説明した。

「眠ると、私たちの肉体は、三つの脳のうち、もっとも年老いた脳の指示を受けて行動するようね。夜眠っているとき、右手はその能力を失ってしまう。そのかわり不吉な手が器用さを取り戻す。ピアニストが作曲家なら、本来眠っている時間に録音してみたいと思うはずよ。左手が躍り出るから。それと同時に、それまでわがもの顔に振る舞っていた右手の指が主権を失う」

またあるとき、取材にきた日本人のジャーナリストにはこう言った。

「画家のクレーは、あえて日中に左手で描いていた。そのほうが不器用で、稚拙で、予測のつかない動きをするから。私は、左手が支配的になる時間に演奏します。この時間、楽譜は私の手では統御できないテンポで展開する夢のようなものでしかなくなります」

＊

コンサートの前には、毎回のように一種の苦行に励まなければならず、そのことが彼女の生活を徐々に息苦しいものにさせていった。この苦行は、彼女自身が手配する録音だけに限定し、なおかつ二年に一度しか、この種の仕事には手を出さないことにした。数ヵ月のあいだ、夜の誘いはすべて断った。二十二時ちょうどに寝て、四時ちょうどに起き、日中はまどろみもせず、ぼんやり夢見ることもなかった。彼女はこれを「左手の解放」と呼んだ。

ウォーレンは彼女に言った。

「当地の先住民はこう言っているよ。夢の時間につながる、とね」

＊

彼女は鍵を取り出した。そして録音スタジオへ入った。中には誰もいなかった。煙草の臭いがした。ドア近くにあるスイッチが利かなくなっていた。ブレーカーのところでスイッチを切ってしまったのだろう。それで彼女は暗闇のなかを、コードやケーブルや変圧器につまづかないよう慎重に歩いた。いちばん奥の壁の前の、壇上にある二台目のスタインウェイの足もとに置き忘れたハンドバッグを見つけた（彼女のハンドバッグは、むしろゴム製の黒い大きなずた袋に近かった）。それを開き、中から大切な「レナのお守り」を取り出した。それはただの黒い小石でしかなかった。バッグを閉じると、肩にかけ、階段をまた昇っていった。これで安心。彼女は気を取り直した。

第六章

すでに二年が経過していた。彼女はイスキアをまた訪れ、アマリアに再会した。向こうから手紙が来たのである。会いに来てほしいと遠慮がちに書かれてあった。

彼女は死んだ――まさに――手に手を取って。

そのとき、彼女の弟のフィロッセーノとも再会した。

彼女はサン・アンジェロのホテル――カーヴァ・スキュラの農場から六キロのところ――に投宿した。島の反対側の、かつてアマリアの大叔母のために建てられたほぼ青い屋根の長い家を見に行こうとはしなかった。

十月の海は紫だった。

海が紫に染まると、上流社会の避暑客はみな立ち去った。

＊

十一月の海は褐色に染まった。波が高くなった。海に面した別荘は空になった。磯の岬も島も霧で囲まれた。谷あいに建てられた家々の屋根に煙がたなびき、霧と混じった。アルマンドが出ていった。次にジョヴィアル・セニール。プリンセス・クロポトキンも立ち去った。残ったのは農民、船乗り、それに果物。

彼女はナポリのオペラハウスに出向き、グルックの「パリーデとエレーナ」を観た。

＊

Ah, che leggo!（ああ、何を読む！）という台詞がたえず彼女のうちで歌っていた。

彼女は、夜のサン・カルロ劇場の階段にいた。

煙草に火をつけたところだった。マッチを捨てようとして、さすがにそれはできなかった。小指と薬指のあいだにマッチ棒を挟んだ。

煙草は人差し指と中指のあいだに挟んでいた。

そのとき、若々しい顔の――頭はすっかり禿げているけれど――音楽家がオペラハウスの階段を降りてきた。

男はアン・イダンを見た。階段の途中で立ち尽くし、明るい照明を浴びてマッチと煙草を指先で操っている彼女の姿は、ピアノを演奏するように煙草で何かを演じているようだった。

彼は近づいていった。

「僕の妖精にはやっぱりご挨拶しておかないとね」

「あら、私の救世主じゃない！」

二人はキスの挨拶を交わした。

「島に戻ってきたのかい？」

「ええ、今は島にいるわ」とアンは答えた。

「レオンハルトとは会った？」

「彼は私がここにいることを知らないわ」

そう言うと、アン・イダンはシャルル・シュノーニュの手を握り、熱を帯びた調子で尋ねた。

「彼女はどこにいるの？　あれから彼女に会った？」

「ジュリエットはモントリオールに引越した」と彼は言った。「それ以上のことは知らない」

彼女はそれには答えず、彼の腕を強く握ると、遠ざかっていった。

彼は車で送っていこうかと尋ねることさえ思いつかなかった。立ち去っていく彼女の後ろ姿を見つめた。彼女は老いても、おしゃべりにはなっていなかった。

彼は路駐してある車のほうへ歩いていった。

＊

「シャワーが出なくなったよ！」

ジョルジュはタオルで性器を隠しながら、素っ裸で彼女の前に立っていた。彼は途方に暮れていた。期待を込めてアンを見ていた。彼女が世界でもっとも腕の立つ配管工であるかのように見つめていた。

「シャワーが出なくなったんだよ」彼は小声で繰り返した。

「台所に水差しがあるわ」と彼女は言った。

さらに、

「でなければ、水撒き用のホースもあるし」と畳み掛けた。

「そうだね、そのほうが手っとり早い」

彼女がホースを持ち、水勢をできるだけ弱くして水をかけてやると、大声が響き渡った。

＊

ついに二人は愛し合うようになった。性的に愛し合ったわけではなかった。けれど、本当に愛し合った。六歳の子供同士が愛し合うように、彼らは愛し合った。

子供の目で愛することは、見守ることである。眠りを見守り、不安をなだめ、涙を鎮め、病人を世話し、肌を慰撫し、洗い、拭い、服を着せてやること。

子供を愛するように愛することは、死から救ってやることだ。

死なないことは、食べ物を与えてやることだ。

この最後の一点においては、彼の彼女への愛は、彼女の彼に対する愛を凌駕していた。

＊

彼はまた懲りずに懇願しはじめた。

「僕らは同い年で、同じ過去を持ち、同じ勉強をした……」

「必ずしもそうとは言えないわ」

「同じ小学校で勉強をしたと言い換えてもいいけど。いっしょに読み方を習った。いっしょに数え方を習った。成績を知るのもいっしょだった。習った先生も同じだった」

「それじゃいったい何を言いたいのか、相手には伝わらないわよ！」

「それでも続ける。僕らの趣味は同じではないにしても近いし、気心だって通じ合っている……」

「……完璧にね。そう、まさに完璧、あなたが口を閉ざした瞬間には完璧よ」

「僕らの母親は、このあちら側の世界に、この美しき襤褸《らんる》の世界に僕らを捨てたのさ、ほぼ同じ年にね」

「たしかに私たちにはもう家族といえるものがないわね」

「僕らには跡継ぎがいない」

「あなたが話をするときにはある特定の意図を込めていることはとっくにお見通しよ」

「僕が死んだあと、僕のことを考えてくれるような人がいるとすれば、それは君だろう」

*

三月に彼は旅に出た。少なくとも彼自身、彼女が最後の録音をするためにシドニーにいるとき、そう言ったのである。彼はいっそう衰弱して戻ってきた。彼は彼女の唇に指を押しつけた。彼女の手を強く握った。彼女は何と言えばいいのかわからなかった。それほど相手の状態を見て、驚いたのである。こんなに早く、事態が変化するとは予想していなかった。おそらく彼女はこの種の事態が起こることを望んでいなかった。彼は彼女の手を取って、こう言った。

「しゃべらないで」

彼は居間にあるソファに横になっていた。

「しゃべらないで、たのむよ。お願いだから、無関心を装って。もうじき僕の持ち物を全部べッドの近くに降ろしてもらうことになるだろう。準備をしないとね」

「もちろんよ」

「手伝ってくれるかい」

彼女は、しゃべることができないので、うなずいた。

彼は続けた。

「僕らは結婚するんだ。君が自分の作曲したもの、自分の書いたものすべてをあの少女に捧げているように、なおもう少し生きるためには、すべてが君のために捧げられる必要があると僕は感じている。そうすれば僕は幸せな最期を迎えられる。僕には君が必要だ、エリアンヌ。すべてに苦しみがなくなるために、僕は君を必要としている。こういったことは、このあと二度と話さないようにしよう」

「結婚は私には……」

「頼むよ。言葉なんかどうでもいいじゃないか、愛であれ、結婚であれ、融合であれ、共生であれ。他者が自分を必要としていることが、これらの言葉の通用しなくなった古い王国を引き継ぐんだ。どう、受け入れられるかい？」

最終的に彼女は受け入れた。最終的に、彼の言い分にも一理あることを彼女は認めた。他者が自分を求めているということが、消滅したせいで彼女を苦しみで満たしている国を創造するのだ。

第七章

空港には早めに着いて、ぶらぶら歩いて買い物したり、本を読んだり、考え事をしたり、あらゆる気がかりから解放され、遅れを心配したり先を急いだりする必要もなく、ぼんやりと夢想にふけるのが好きだった。そもそも「出遅れる」心配はなかった。彼女は出発するのが好きだった。出発の安心感のなかにいると気分が高揚した。彼女はグンペンドルフの作曲小屋のドアを閉めた。朝の六時だった。空には雲ひとつなかった。夜が明ける寸前だった。霧が川面にたなびきはじめていた。けっして音を立てないように。まちがってもジョルジュを起こしてはならない。彼にそう言われたのだから。

テイイのタクシーに電話して、サンスの駅まで行ってもらうつもりだった。

始発の列車に乗るつもりでいた。

空港には早めに着いておきたかった。時間に遅れまいという意識のなかで集中しないままに楽譜を読むよりも、空港の出発ロビーの冷たい大きな椅子に腰かけてページを繰ったほうがよっぽどよかった。

彼女は蔦におおわれた小屋を出るとバラ園を通り抜け、夜露にあまり濡れていない芝生の端を選んで歩いた。

遠くに、すでに明かりの灯っている居間の窓が見えた。窓辺のフロアスタンドの横で本を読んでいるジョルジュの姿が見えた。彼女がニューヨークに発つのを見送るためにむりやり早起きしたにちがいなかった。

窓のガラスを通して、スタンドの明かりに照らされ、うつむき加減で本を読んでいる彼の顔が見えた。

彼女はそちらに向かっていった。

窓をこつこつ叩いた。でも、明らかに読書に没頭しているようで、彼は反応を示さなかった。彼女は家の中に入り、バッグと鍵を廊下に置いた。そして、居間のドアを開けた。

彼女が入っていっても、居間の奥の、窓辺にいるジョルジュは顔を上げなかった。

彼女は爪先立って歩き、彼を起こさずにそっとキスの挨拶をしようとした。それにしても彼の不動の姿勢は奇妙だった。彼女は彼の額に手を置いた。冷たくなっていた。手から本が落ちた。彼女はそれを拾うと、いきなり腰を下ろし、床に尻をつけると友の硬直した手を両手で握りしめた。

彼女は空っぽの頭のまましばらく茫然としていた。

＊

彼女は呼んだ警官が路上に停めた警察車に入るまで見送った。それから家に戻った。隣の家のドアが大きく開いていた。老人が戸口に立っていた。ざっくりとした編み目の白いセーターを着た白髪の痩せこけた老人で、手には埃を掃き出す小さな箒を持っていた。

老人は舗道まで歩み出た。

「どうかしたんですか？」

すると彼女は泣き崩れ、ジョルジュ・ルーランジェが死んだんです、と口ごもりながら答えた。

＊

鼻水が出ていた。顔は腫れあがっていた。彼女は真っ青になって、ドロールさんの家の台所で腰かけていた。ステンレス張りのすばらしい台所だった。

コーヒーの香りがした。コーヒーの次にはオランダ煙草が香った。そしてコーヒーとオランダ煙草の次には消毒液と防虫剤のにおいがした。

二人して、ガラス製のコーヒー沸かしのなかで奇跡のように上昇していくコーヒーを見つめていた。

彼女はありとあらゆるところに自分の顔が映っているのを見た。ステンレスの壁にも、白い陶板のタイルにも、オーブンのガラス扉にも。こんなに清潔な台所を彼女は見たことがなかった。

「あなたは彼の奥さんですか？」

「ええ」

「独り身ですか？」

彼女にはその意味がわからなかった。老人は繰り返した。

「独り身ですか？」

「何が言いたいのですか？」

「子供はいないのですか？」

「ええ」

「それなら独り身だ」

「家を開けっ放しにしてきてしまったわ！」彼女はいきなり叫んだ。

彼女は風のように飛び出していった。飛行機には乗らなかった。彼女は残った。

書類上の手続きはすべてドロールさんが手伝ってくれた。彼女に苦しみはなかったが、何もかも終わってしまった。

第八章

老いと孤独のせいで、彼女はいっそう骨ばった。その肉体は醜くなった。髪は真っ白になった。

彼女はまたもや――徹底的に――着こなしを変えた。魔法の杖のひと振りで、それはたっぷりとしたスカートになった。洗いざらしのグレーのジーンズや男物の白い綿のワイシャツ、ジョルジュの着古した革のブルゾンは捨てなければならなくなった。

古い豪華な衣装、絹の上着、

白っぽい大きなオーバーブラウス、

グレーの柔らかいフリースのジャケットが

そこらじゅうにあふれた。

＊

ひとりでいること、ではなく、ひとりでいられるということの喜びがある。

O Oh How I.（おお、どれほど私は）

キャサリン・フィリップスは歌い、そして取り憑く。

そしてすべてが、ついに、遠ざかり、休息する。

そしてすべてが沈黙する。

アン・イダンは目を上げて窓を見やる。

日が昇っている。

なにもかも真っ白。

「部屋の床がもう見えない。地面も岸辺も見えない。霧がゆっくりと消えていく。なにもかも空っぽのよう。かろうじて大地――霧の下の――は、踏めばまだかすかに匂い、岸辺の草と土を踏みしめれば、雪の下で乾いた音を立てる」

昼過ぎに、霧が消え、屋根が現れ、電柱が、鐘楼が、真鴨の小さな頭が現れた。

太陽がいきなりあふれる。

修行僧のような昼食（家禽のアシ・パルマンティエ〔挽肉とマッシュポテトの重ね焼き〕）にグラス一杯のワイン（エピヌイユ）を添える。モーリシャス島出身の家政婦がやってくる。

アンは食器を片付ける。丸い蛇口に手が当たる。その拍子にブローチを落とした。ロケットが流しの角にぶつかって開く。

小さな歯が一個こぼれ落ち、音もなく跳ね返り、流しの排水口の中に吸いこまれた。

「あれはなんですか？　歯ですか？」家政婦が問いかけてきた。

「いいえ」とアン・イダンは小声で答える。

空のロケットを閉じると、庭へと逃れ出る。

水まき用のホースで、手押し車を洗った。

*

突然、太陽が芝を照らした。

陽は岸辺にも差した。

顔の皮膚の下に骨が透けていた。

彼女には母親の面影があった。でも、同じ年齢のときの母親の顔よりもはるかに痩せこけていた。彼女を知らない人の目には美しかったが、なにかしら厳しいもの、猛々しいものが額と顎に表れていた。彼女の母親よりも、父方母方双方の祖母よりも、母方代々のどんな母よりもやつれ、乾いた女が彼女の背後に潜んでいて、いつでも飛びかかろうとしているのだった。彼女が笑みを浮かべれば、その笑みはこのうえなく美しかったが、めったに笑わなかった。とてつもなく大きく、とてもきれいで真っ白な歯がその場を晴れやかに照らす、が、その光はとても冷たかった。

苦しみ、水泳、愛、音楽、飢えが、烈しい女にしていた。

彼女はよく外出した。パリのリヨン駅近くにワンルームを買った。コンサートで見かける彼女は目立った――いつもヨージ・ヤマモトとかイッセイ・ミヤケとか、日本的な服を着ていた。人から挨拶を受けた。彼女はテイイの家を売ろうとしていた。

夏だった。夜だった。壁の塗装がすっかり黄ばんで、ひび割れたグンペンドルフの陰のなか、ヨンヌ川の岸辺にたたずんでいる彼女の姿があった。パンの残りを投げこめば、鴨や白鳥が暗い川面を音も立てずに近づいてきた。犬が吠えた。ふと彼女はマグダレナ・ラドニッキーのことを考えた。生きていれば十六歳になっているはずだった。その彼女が今にも姿を現しそうだった、濡れた髪のまま、ネルのパジャマを着て、背後から追いかけてくる、なにやら喚き、言いつのりながら……。

不意に左のほうから鐘が鳴った。

一時代前の古い平底舟がやってきたのだった。ブルゴーニュの運河を掘ったのはオランダ人だった。彼らは大きな声を出し、みんなに合図を送りながら通り過ぎていく。

彼女はゆっくりと岸辺のステップに腰を降ろし、彼らが通過するのを見つめた。

ヨンヌ川の泥水が船着き場と舫《もや》い環に打ち寄せた。彼女は日差しを受けて、その場にじっとしていた。かつてジュリアが、あの安レストランの一メートル下で打ち寄せる地中海の青い水に足を浸してぶらぶらさせていたように。ここの水はそれほど美しくはなかった。夏はそれほど暑くなかった。彼女はもう立ち上がる気力がなかった。歩き、走り、また旅立ち、死ぬ気力がなかった。こちらでは太陽を恐れるようになっていた。あちらではみんないっしょで、女三人いっしょに暮らし、太陽を恐れたことなどなく、女三人して長椅子に寝そべり、表面の濡れた大きなガラス瓶に入った冷たい水を三人して飲んだものだった、あの山の上の、天国のテラスで。

訳者あとがき

本書（*Villa Amalia*, éd. Gallimard, 2006）が訳者の手元に送られてきたとき、いささか虚を突かれたことを今も憶えている。その理由は、この作品が久しぶりに書かれた「現代小説」だったからである。

彼はもう現代小説は書かないのではないかと思っていたのである。

パスカル・キニャールがガリマール社の出版選考委員の職を捨て、家族とも別れ、本書の主要な舞台になっているブルゴーニュ地方の古都サンス（Sens）に引きこもったのは一九九五年のことである。その後、彼は隠居どころか、ますます旺盛な作家活動を展開し、じつに多様な作品を私たちに示してくれた。その一部を列挙してみよう。

『思弁的レトリック』（*Rhétorique spéculative*, éd. Calmann-Lévy, 1995）
『音楽への憎しみ』（*La Haine de la musique*, éd. Calmann-Lévy, 1996. 拙訳、青土社、一九九七）
『秘められた生』（*Vie secrète*, éd. Gallimard, 1988）
『ローマのテラス』（*Terrasse à Rome*, éd. Gallimard, 2000. 拙訳、青土社、二〇〇一）
『さまよえる影』（*Les ombres érrantes*, éd. Grasset, 2002. 拙訳、青土社、二〇〇三）
『性の闇』（*La nuit sexuelle*, éd. Flammarion, 2007）

これらの作品のうち、小説作品は『ローマのテラス』（アカデミー・フランセーズ小説大賞受賞）のみで、十七世紀の銅版画家を主人公にした、いわば歴史小説である。現代小説は『アメリカの贈り物』（*L'Occupation américaine*, éd. Seuil, 1994. 拙訳、早川書房、一九九六）以来、書かれていなかった。

ここに掲げた作品群で目立つのはエッセイの豊かさである。『さまよえる影』はエッセイであるのにゴンクール賞を受賞するという快挙を成し遂げたし、『性の闇』にいたっては、文字どおり古今東西のポルノグラフィーを独特の視点で集めた豪華なアルバムであり、エッセイとも散文詩ともつかないキニャールならではの文章世界が開示された作品である。十七世紀に生まれたかったと語る現代のモラリストとしての面目躍如と言ってもいいだろう。

パスカル・キニャールには『小論集』（*Petits Traités*）と題したエッセイ集があり、『思弁的レトリック』も『音楽への憎しみ』も、あるいは『さまよえる影』がおさめられている〈最後の王国〉シリーズも、このライフワークの一環をなしていると言ってもいい。事実『思弁的レトリック』のなかでは次のように宣言している。

〈小論集〉は私の家だ。予想だにしなかったような情熱的形式は、どれも非社会的で流行遅れで、孤独で、おのずと世界からはずれ、おのずと時間から排斥されるものだ。わたしは黄色い荒れ地の上に新たな隠者の住まいを建てる。

だから、サンスに引っ込んだパスカル・キニャールは悠々自適とは言わないものの、もう世間と歩調を合わせるような現代小説は書かないのだろうと思っていたのである。

しかし、書いた。しかも、女性が主人公である。

かつて、女が書けたら、作家は一流だなどと言われたことがある。

もちろん、これは男性中心主義のつまらない自惚れである。女がうまく書けていると評価するのも男なのだから。

ここに描かれたアン・イダンという現代音楽の作曲家——こういう職業の設定自体、下手をすると小説そのものを破綻させかねない——は、これまで小説に登場した女性像のどれにも類縁を見いだすことができないのではないか。

じつに生き生きとして、酷薄で優しく、凛として涙もろく、毅然としてなおかつ今にも倒れそう。彼女の前では男たちがみな軟弱に見える。

私は訳者として、これを読了した女性読者ひとりひとりに感想を聞いてみたいという誘惑に駆られる。彼女にシンパシーを感じるか感じないか、いい女だと思うか思わないか。

フランスでは、この作品は翌年すぐに文庫化（Folio）されたのち、昨年の四月には映画化され（ブノワ・ジャコ監督、イザベル・ユペール主演）、カンヌ映画祭に出品された。Amazon.fr でこの作品を検索すると「パスカル・キニャールの最高傑作」と絶賛している女性読者のコメントが寄せられている。私も同感である。

主人公は女性、しかし、この小説においても主題はやはり音楽である。

パスカル・キニャールにとって音楽とは何か？

本人の言葉に耳を傾けていただきたい。

一九六八年、私が二十歳のとき、ナンテールの学部〔パリ第十大学〕は封鎖され、一気に盛り上がった三月と四月の運動に全面的に賛同した私は、ミシェランジュ通り六の二に住まいしていたエマニュエル・レヴィナスの自宅へと赴いた。哲学を捨て、先生に提案していただいた主題による論文執筆もやめ、教職の道には進まず、大学を去るという私の決意を伝えるためだった。私は音楽に戻るつもりだった。先祖代々受け継がれてきたオルガンをまた弾くつもりだった。それは間違いだと彼は言った。にもかかわらず、私はアンスニへと出発し、そこでマルト・キニャールに再会した。彼女は姉のジュリエット・キニャールからオルガンを受け継ぎ、その姉も父のジュリアン・キニャールからこのオルガンを受け継いだのだった。オルガン弾きのお勤めをすませたあとに残る膨大な時間を利用して、十六世紀前半にモーリス・セーヴが書いた「デリー」という題の長大な恋愛詩に関するエッセイを書いた。〔中略〕この最初の本をシモーヌ・ガリマールは受け入れた。彼女は私にモーリス・セーヴ全作品の校訂・刊行を勧めてくれた。さらには夫が経営する出版社の原稿審査委員の職も紹介してくれた。だから私が教会のオルガン奏者だったのは、夏のわずか三週間だけのことで、この八月のさなかの雷雨の季節にあって、サン＝フロラン＝ル＝ヴィエルとシャントソーとリレのあいだの小さな村にはひとけがなかった。

教会からの帰り道はとにかく暑く、広場を横切るだけでも暑いので、私はすぐに左手の路地に入って、そのまま岸辺のほうに降りていく。突堤の先からロワール川に入って泳ぐのだった。

私の生涯の日々も終わりを迎え、恥の思いが困惑と沈黙を伴って歩み寄ってくるようになった。私は自分の家族のようにはオルガニストになれなかった。それは恥辱ということではなかった。罪悪感でさえなかった。後を引く過失のような思いだった。私は書くことで自分の宿命を全うすることはできなかった。

私は音楽を苦しみのうちに置き去りにしてしまったと感じているのだ。

〔中略〕音楽は、集団言語の習得ののちに抱く、発語以前の状態への、吐息への、生気への、アニマへの、プシケーへのノスタルジーなのだ。（*Boutès*, éd. Galilée, 2008）

「恥」（honte）という言葉の、これほど美しく響く文章を、私は読んだことがない。瞑目して胸に刻みたい。

最後に読者のみなさんに悲しい事実を報告しなければなりません。

長年パスカル・キニャールの作品を青土社から刊行しつづけてくれた、私の敬愛する編集者・津田新吾が昨年の七月に若くしてこの世を去りました。彼がいなければ、パスカル・キニャールの珠玉の作品が日本にこれほど多く紹介されることはなかったでしょう。結局この『アマリアの別荘』が彼の手がけた最後の作品となりました。キニャール作品を愛する読者のみなさんとともにこの場を借りて哀悼の意を表したいと思います。

また、津田君のあとを受けて本書刊行まで尽力していただいた青土社の水木康文さんに心から感謝申し上げます。

二〇一〇年四月

訳者

著者について

パスカル・キニャール（Pascal QUIGNARD）
1948年ノルマンディー生まれ。
現代フランスを代表する作家。著書に、
『めぐり逢う朝』高橋啓訳、早川書房、1992年
『ヴュルテンベルクのサロン』高橋啓訳、同、1993年
『音楽のレッスン』吉田加南子訳、河出書房新社、1993年
『シャンボールの階段』高橋啓訳、早川書房、1994年
『アルブキウス』高橋啓訳、青土社、1995年
『アメリカの贈り物』高橋啓訳、早川書房、1996年
『音楽への憎しみ』高橋啓訳、青土社、1997年
『舌の先まで出かかった名前』高橋啓訳、同、1998年
『辺境の館』高橋啓訳、同、1999年
『アプロネニア・アウィティアの柘植の板』高橋啓訳、同、2000年
『ローマのテラス』高橋啓訳、同、2001年
『さまよえる影』高橋啓訳、同、2003年

訳者について

高橋啓（たかはし・けい）
1953年生まれ。早稲田大学文学部卒。
翻訳家。訳書に、
パスカル・キニャールの著作のほか、
ジョルジュ・シムノン『仕立て屋の恋』早川書房、1992年
アレクサドル・ジャルダン『ぼくの小さな野蛮人』新潮社、1995年
パトリック・セリー『名人と蠍』飛鳥新社、1997年
カトリーヌ・クレマン『テオの旅』（上・下）（共訳）日本放送出版協会、2002年
ディディエ・デナンクス『カニバル（食人種）』、青土社、2003年
ニコラ・ブーヴィエ『ブーヴィエの世界』みすず書房、2007年
ジャン＝クロード・イゾ『失われた夜の夜』東京創元社、2007年
フィリップ・クローデル『ブロデックの報告書』みすず書房、2009年
などがある。

アマリアの別荘

2010年5月25日　第1刷印刷
2010年6月10日　第1刷発行

著者――パスカル・キニャール
訳者――高橋啓
発行者――清水一人
発行所――青土社
東京都千代田区神田神保町1-29市瀬ビル
郵便番号101-0051
［電話］03-3291-9831（編集）03-3294-7829（営業）
［振替］00190-7-192955
www.seidosha.co.jp
本文印刷所――平河工業社
扉・表紙・カバー印刷所――方英社
製本所――小泉製本

装幀――菊地信義

Printed in Japan　ISBN978-4-7917-6548-5

パスカル・キニャールの本より

さまよえる影

人間は起源を忘れて彷徨する影だ——。忘れられた歴史への洞察と物語の断片を結晶化させ、世界への祈りへと到達する、畏怖すべき思考の軌跡。ゴンクール賞受賞作品。

四六判上製二五四頁

ローマのテラス

誰しも自分の沈むべき夜のかけらを追っている。十七世紀欧州を放浪するひとりの銅版画家の信念と妄執、激しい恋の遍歴を情動溢れる筆致で刻みつけた物語の傑作。

四六判上製一三〇頁

アプロネニア・アウィティアの柘植の板

古代ローマの妖しい香り。西暦紀元四世紀、ローマの貴婦人が蠟びきの板に刻みつけた、奔放な官能と澄明な事物の記憶。『枕草子』を髣髴とさせる馥郁たる随想集。

四六判上製二一六頁

辺境の館

欲望によりそう影。十七世紀、リスボン屈指の美女ルイーザの壮絶な復讐譚。西欧版「阿部定物語」ともいえる奇想天外、奔放かつ残酷なまでに美しい、物語の絶頂。

四六判上製一一〇頁

アルブキウス

古代ローマの風変わりな作家の生涯を縦糸に、荒々しい人間の葛藤劇を現代に甦らせた、エロティシズムの魅力溢れる小説。現代フランス文学の最前線にして古典的傑作。

四六判上製二八六頁

【いずれも高橋啓訳】

青土社